また殺されてしまったのですね、
探偵様
Killed again, Mr. Detective.

リリテア
追月探偵事務所に身を寄せている少女。
朔也の助手として依頼についてまわり、朔也が殺された際には介抱(?)する役目も持つ。
朔也
伝説の名探偵、追月断也の息子にして半人前の高校生探偵。
殺されても生き返るという特殊体質を持つ。

事件一 クィーン・アイリィ号殺人事件

灰ヶ峰ゆりう
売り出し中の新人女優。
「探偵役」の役作りのため朔也に
弟子入り志願する。

「もしかして師匠って、そうやって
女の子の密室を次々と解き明かしてるんですか？」
…

事件二 クリムゾン・シアターの殺人

「私の目の前で朔也様を
殺すことは許しません」

漫呂木薫太
朔也の知り合いの売れない
刑事。三十歳、独身。
有能らしいが、なぜかそれ
ほど出世していない。
事件三クーロンズ・ホテルの殺人鬼

行きずりの弟子
(「クィーン・アイリィ号殺人事件」より)

また殺されてしまったのですね、探偵様

てにをは

MF文庫J

KILLED AGAIN, MR. DETECTIVE.

CONTENTS

また殺されて
しまったのですね、探偵様

事件一　クィーン・アイリィ号殺人事件

KILLED AGAIN, MR. DETECTIVE.

情報１：クィーン・アイリィ号について

日本最大のクルーズ客船。
長さ251メートル。幅30.6メートル。
乗船定員1100名。

情報２：関連登場人物

葛城誠人
灰ヶ峰ゆりう
渡乃屋菓子彦
　　　輪子
　　　甘彦
　　　捻彦
　　　味子

一章　たまには真面目に推理をしてください

探偵とは波のようなものだ。

波（探偵）は子供（犯人）が苦心してこしらえた砂の城を最後にさらい、崩していく。

波に善も悪もなく、慈悲も無慈悲もない。ただ砂浜を元のあるべき自然の様に戻すだけ。

そう、波に善悪はない。けれど優劣はある。

優（ま）されば名探偵となり、劣れば迷探偵だ。

当然ながら名探偵と呼ばれる存在は、世に数えるほどしかいない。

が、その中にあってもなお一際、異彩と異才と偉才を放つ男がいる。

その男は『不死の探偵』の異名を持ち、全ての子供（犯人）から恐れ疎まれ怨（うら）まれている。

どんな犯罪者、殺人鬼にも殺されず、死なず。

どんな難解、不可解、不可能事件にも臆さず、怯（おび）えず、戦（おのの）かず。

解き明かし、突き崩し、終わらせる――。

密室殺人だろうが爆弾テロ事件だろうが金融恐慌だろうが、そこに犯人と呼べる者が存在する限り、男は探偵の名の下に推理する。

白昼堂々、警察庁の庁舎内部で行われた『警官六十六人殺し』
一夜にして欧州連合予算の三割が失われた『欧州ユーロ強奪事件』
一国が無人と化した『ヴァンレヒト王国、国家総神隠し事件』
女帝と呼ばれた女による最も美しい犯罪『七大陸大恋愛事変』
「天使を食べて天国へ――」あるカルト教団の信仰が巻き起こした『食人教団晩餐事件』
『不死の探偵』が解決した事件、その手で捕らえた犯人は数えきれず、その功績は計り知れない。
探偵が波だと言うのなら、男はビーチを丸ごと飲み込む大津波だろう。
男は今日も世界を飛び回り、事件を解決している。
そして斯く言う俺こそがその史上最強の探偵、追月断也――ではなく、その息子だ。
そして俺は今、自室で遺書を書いている。
「親愛ならざる親父へ。この手紙を読んでいる頃、俺はすでにこの世におらず……」
なぜって、ただの日課だ。
強いて言うなら――今日、突然靴紐が切れたから。
だからいつ死んでも大丈夫なように遺すものは遺しておく。
筆のノリはなかなか悪くなかった。

冷静で公平、かつ適度に読む者の涙を誘う遺書が書けたと思う。

「ボリューム243……と。ふう」

遺書にナンバリングを書き加えて満足した俺は、隣のフロアにある事務所へ向かったのだけれど——。

「あれ？」

皆出払っているのか、事務所は静かなものだった。

高校から帰宅してすぐ部屋に籠っていたので、こっちの様子は見ていなかったのだ。

通りに面した大きな窓ガラスには、裏表逆の文字で大きく『追月(おうつき)探偵社』と書かれてある。

ここは親父(おやじ)が社長を務める探偵事務所だ。自宅とは実質一続きになっていて、自由に行き来ができる。

窓から差し込む陽光に俺は思わず目を細めた。

そこに少女が立っている。

まばゆい日差しが、窓際に立つ少女の美しいシルエットを浮かび上がらせている。

プラチナホワイトの髪に陽光が当たり、水晶みたいにきらめいていた。

身に纏(まと)っているのは黒を基調としたドレス風のタイトな洋服だ。それはなんとなく英国のメイドのようでもあり、喪服のようでもある。

俺はこっちに背を向けている少女に軽く手を振りながら近づいた。

「あ」

けれどすぐに立ち止まらざるを得ない状況になってしまった。

少女は俺の制服の上着を持っていた。

さっき帰宅した時に、つい横着をして適当にリビングに脱ぎ散らかしていたものだ。

少女はその制服の匂いを――嗅いでいた。

俺の制服を胸に抱き、深く鼻先を埋めている。持ち主である俺に見られているとも知らず気づきもせず……。

「お帰りなさいませ、朔也様」

あ、違った。目が合った。視られている。すごく気づいている。

気づいていてなお、嗅いでいる。こっちを見ながら堂々と。

ガラス玉のように透き通った瞳で俺のことを視ながら、嗅いでいる。

いや、なにやってるんだ？　正気か？　果たしてこれは男子として素直にドキドキしていいシチュエーションなんだろうか。判断に困る。

とにかくまずは穏便に。野生動物と一緒で、下手に刺激しちゃいけない。

「その……ただいまリリテア」

返事をすると、少女リリテアはようやく制服から顔を離してくれた。

それから何事もなかったみたいに制服のシワを伸ばしてハンガーにかけてくれた。そこはちゃんとかけてくれるんだな。

「皆様、本日はもうそれぞれのご依頼先へ向かわれましたよ」

「いや、その前にさ……」

よく平然と日常会話ができるな。そんななんの罪もないですって顔して。

とは言え、こうまでなかったことにされると無闇に糾弾する気も失(う)せる。

リリテアは追月(おうつき)探偵社に身を寄せている女の子だ。別にメイドでもなんでもないのに事務所の掃除から経理、給仕にいたるまで、その仕事には万事抜かりがない。

「こっそり俺の制服に残った芳香(フレグランス)を堪能していたことに対する弁明を聞こう」

「そんなことはしておりません」

「してたじゃないか！　二十秒くらい目が合ってたよ。え？　あ、それとも自覚してなかっただけで、俺の匂いって異性をたまらない気持ちにさせる効果でもあ……」

「そのような都合のよい効果はございません」

「だろうね。うん。わかってるよ。俺にそんな能力があれば今頃もっと華やかな学生生活を送っていただろうし」

これは自虐というか、客観的事実だ。それなのにリリテアはそんな俺を非難するような目で見る。

「では朔也様の学生生活は灰色だと？　果たしてそうでしょうか」

「え？」

「本日も学校で魅力的な二十代後半の保健医とお近づきになられたご様子ですし、客観的に言って男子として恵まれた学生生活なのでは？」

　リリテアはいつものクールというか、やや平坦な口調で不穏なことを言い出した。

「な、なんのこと？」

「はっきり申し上げましょう。朔也様、あなたの制服からは消毒液と薬品……そして微かに香水の香りがしておりました」

「制服から……？」

「あの薬品の匂いは保健室独特のものでした。そして香水の方はビビ・アリスの春の新作の香りに間違いございません」

　ビビ・アリス。俺も聞いたことがある。人気化粧品メーカーが出している香水だ。ＣＭもよく見かける。

「あれは今二十代女性に人気の商品であり、かつ女として自分に相当の自信がなければ付けられないハードルの高い香水。また、女子高生にはなかなか手の出ない値段設定です」

　推理を披露する間、リリテアは人形のように表情を変えなかった。冷たく、容赦なく俺を理論的に追い詰める気でいる。

「それらから推察すると必然的にこうなります。朔也様は本日、授業をサボタージュして保健室で大人の魅力をプンプンさせた保健医とあれやこれや、やいのやいのイチャコラブと……」

「誤解だ！」

なんだイチャコラブって。どの辞書に載ってたんだ。

そんな妙ちくりんな言葉を吐いているというのに、彼女は真顔のままだ。

だがそれがリリテアだ。彼女は気高い猫のように滅多に表情を崩さない。時々「なんで？」と思うようなポイントで簡単に崩すこともあるけれど、基本的には崩さない。

「というか、それじゃリリテアは俺の学校での動向を調査するために匂いを……？」

別に俺に対して秘めたる想いを抱いていたわけでも、俺の制服から都合のいいフェロモンが発せられていたわけでもなかった。

「とにかく、本当に誤解なんだよ。確かに今日は保健室に行った。それは認めよう。体育の授業で足をすりむいちゃったんだ。もちろん俺は別に平気だったんだけどクラスメイトの手前、形だけでも手当てを受けないわけにはいかなくて。だけどいざ保健の先生に傷を見せたら……ほら、あとはわかるだろ？　それで先生すごくびっくりしちゃって、俺の全身をやたら触診してきたんだよ。保健医として俺の体に興味が湧いたんだろうな。だからあれは……そう、純然たる医療行為なんだ。やましいことはなにもないよ」

「最後の一文のせいで不純な印象だけが残りました」

　リリテアは持ち前のジト目をむけてくる。

「……それにしても、匂いだけでこんなことまで言い当ててくるとはね。相変わらずの想像力と洞察力だ」

　でも、それがリリテアという女の子なのだ。

「リリテアに隠し事はできないよ」

「では罪を認めるのですね」

「いや、本当に保健の先生とはなにもないんだけど……そんな、人の日常を文字通り嗅ぎ回るようなことしなくてもいいじゃないか」

　リリテアは俺のママじゃないんだから、と続けて言いかけて流石（さすが）にそれはやめた。

「私（わたくし）には朔也（さくや）様が道を踏み外されぬよう常に目を光らせておく義務がございます」

　対するリリテアはなんら恥じいる様子を見せず、堂々たる立ち姿で明朗にこう言った。

「私は朔也（探偵）様の助手でございますから」

「それは確かにそうだけどさ。だいたい探偵扱いしてくれるのは嬉（うれ）しいけど、俺なんて事務所では一人前に勘定もしてもらえてないのに」

　本来なら助手など宝の持ち腐れ。猫に小判。半人前探偵に助手なのだ。

　特にそれがリリテアのような優秀な助手ならなおさらだ。

「それはあくまで人一倍手厳しいお父様――断也様の評価でございましょう？　あのお方の視点で見ればご自身以外の全ての人間が半人前という括りに入ってしまいます」

それは実際、その通りではある。あれはそういう親父だ。

「でもなあ……」

「強情ですね。でしたら今は朔也様と私――」

そう言ってリリテアは口元の前で愛らしく両の手のひらを合わせた。

「合わせて二人で一人前と致しましょう」

「リリテアは一人でも一人前に相当すると思うんだけど、でもその手厚いサポートに目頭が熱くなるよ。……そう言えばその親父も出かけたの？」

「はい」

「親父が今日受けてた依頼、確か午後からじゃなかったっけ？」

「断也様は緊急の依頼で午後のご予定をキャンセルされ、先ほど空港へ行かれました」

「緊急？　何か大きな事件でもあったの？」

「まだ報道はされていないようですが、ハイジャック事件が起きたとのことです」

ハイジャック事件が起きてなぜ探偵が呼ばれるのか。それは警察や機動隊の仕事ではないのか。普通はそう思う。

だが親父は普通の探偵ではないので特に驚くことではない。

『不死の探偵』の異名を持つ追月断也（おうつきたつや）という男は、そういう探偵なのだ。

「ジャックされたのはシンガポール・チャンギ国際空港から日本へ向けて飛び立つ予定の旅客機。犯人は九歳の少女。乗客乗員１７９名を人質に機内に立てこもっているそうです」

九歳？

今――なんとしても問いただしたくなる年齢がリリテアの口から飛び出したけれど、あえて聞き返さないことにした。他ならぬ親父（おやじ）が駆り出されたのならこれは間違いなく普通ではない、特別な事件で、相手は特殊な犯人なのだろう。だったら犯人が九歳の少女であることも、あり得ないことではない。

そして追月断也が呼ばれたなら、それは追月断也以外には解決しようのない事件なのだ。

「ハイジャックされた旅客機の機体記号（レジストレーション）は――」

リリテアが律儀に航空機の識別記号まで教えてくれたが、俺はそれほど真面目に聞いていなかった。俺にはあまりに縁遠い事件だし、覚えても仕方のない情報だ。

「ありがとう。わかった。もういいよ」

これ以上詳細を聞いても仕方がない。どうせいつものごとく、親父が常軌を逸した事件を、常軌を逸した解決に導くだけだ。

「俺の予定は？」

「本日、何一つ依頼は入っておりません」

「あ、そう」

　まあ、そうだろうな。

「それならそれでいいんだ。探偵と言っても、親父の仕事を手伝ってるうちにいつの間にか片足を突っ込んじゃったようなものだし」

「ご安心ください。明日は一件、浮気調査の依頼が入っております」

「浮気調査？」

「地味だとお思いですか？　もっと探偵として華々しい活躍のできる依頼はないのかと？ですが本来探偵という職業はこういった類の依頼がほとんどで……って」

　俺の様子を見てリリテアは途中で語ることをやめた。

「ちっとも残念そうではありませんね」

　その通り。実際ちっとも残念じゃない。

「それ、いいね。危険のなさそうな仕事で」

「……朔也様はもう少し野心や功名心というものをお持ちになった方がいいと思います。依頼が安全であればあるほど喜ぶなんて追月断也の息子として……いえ、一探偵としていかがなものかと」

「探偵ならもっと大きな事件を扱えって？　おどろおどろしい洋館で起きる密室殺人とか、絶海の孤島で繰り広げられる連続殺人とか？　そんなのやだよ。一歩間違えば自分が犯人に殺されちゃうかもしれないのに。そんなの命がいくつあっても足りないよ」

浮気調査、結構。地味な依頼、大歓迎！

俺の熱弁にリリテアが可愛らしくため息をつく。

「地道にコツコツ実績を上げていくのが性に合ってるんだよ。で、調査対象は誰かな？

また前みたいに町工場の社長さんとか？　場所は五反田で朝まで張り込み？」

なんの期待もなく問うと、リリテアは親父のデスクの脇においてある大きな地球儀のある地点とある地点を、それぞれ両手の人差し指で指し示し、言った。

「横浜発、シンガポール行きです」

「は？」

□

「で、でかい！　広いっ！」

浮気調査のために俺とリリテアが乗り込んだのは、あまりにも巨大で豪華なクルーズ船だった。

「クィーン・アイリィ号。長さ２５１メートル。幅30・6メートル。乗船定員１１００名を誇る、日本最大のクルーズ客船……か」

　船のパンフレットに目を通し、俺は何度目かのため息をついた。

　俺たちの案内された客室は、ランクで言えば下から数えた方が早い部類の部屋だったが、それでもちょっとしたホテル並みの内装と広さがある。

「日本からシンガポールを経由して香港へ。片道八日間の船の旅だって？」

　高校には「家事手伝いにてお休みします」と伝えてあるので問題はないけれど、元々あまり出席できていなかったので、これでますますクラスで浮いた存在になりそうだ。

「こんな豪華な船、よく潜り込めたな」

「ご依頼主様の協力の賜物（たまもの）です。手配も費用も心配せず、全力で主人の浮気調査を頼む、と」

「依頼主は奥様、か。経費使いたい放題とは太っ腹だ。となると当然報酬の方もひとかたならぬ額を期待していいのかな？」

「いいえ。残念ながらその点は期待なさらない方がよろしいかと。朔也（さくや）様の現在の探偵としての格式（ランク）では」

「……そんな気はしてたよ」

　危険のない楽な仕事ばかり引き受けているのだから当然と言えば当然だった。悔しければ大事件を解決に導いて、探偵としての格式（ランク）を上げろということだ。そのためには当然実績を上げる必要があるわけだけれど、そもそも俺はまだ本気で一人前の探偵になるかどうかも決めかねている。進路に悩む普通の高校生というわけだ。

ふいに窓の外をカモメが横切っていった。つられて眺めたその先には小さなバルコニーがあり、さらにその向こうには抜けるような青空と魅力的なオーシャンブルーが広がっていた。

「それでその浮気者の旦那さん、映画会社のプロデューサーだっけ？」

「葛城誠人、四十三歳。今回の調査対象者です。既婚者で息子が一人。東天株式会社に長年プロデューサーとして勤めており、これまでにいくつかヒット作を世に送り出しています」

「で、この船に乗っていると」

「はい。葛城氏は時々不審な買い物をしているらしく、そのことを奥様が問い詰めてもいつも話を逸らされてしまうとのことです。近頃では自宅以外に都内にマンションを借りた形跡もあるとか」

「秘密の別宅？　確かに奥さんが浮気を疑うのも無理はないか」

「この船旅の間に旦那が浮気の尻尾を見せないはずはない。奥様はそう断言していらっしゃいました」

「乗船前に港のロビーで見かけたけど、葛城の荷物、やけに多かったよな」

乗船前、葛城はスーツケースをいくつも係員に運ばせていた。

「あれには何が入ってたんだろう？　女性へのプレゼントとか、口には出せない夜のおもちゃとか？」

「たまには真面目に推理をしてください」

リリテアは手厳しい言葉の後に一言「下品」と添えた。割と真面目な推理をしたつもりだったのだけれど。

「ケースの中に浮気相手を隠して密航をした可能性もございます」

流石にその推理はどうだろうか。

「そもそも彼はなんでこの船に？　ただの観光？」

「いいえ。映画です。次回作の宣伝として、主演の新人女優やスタッフと共にこの船に乗船しているという話です」

「女優さんも乗ってるの？」

「はい。くれぐれもミーハーな気持ちなど起こされぬように」

「起こさないよ。……ちなみになんて子？」

わかりやすい俺の態度にリリテアはわずかに頰を膨らませた。たまに出るリリテアの癖だ。正直に言ってかわいい。

「いやいや、調査のためにはこれも必要な情報の一つだし」

もっともらしい理由を後付けすると、これが意外と効いたようでリリテアはため息を一つついてから口を開いた。

「……灰ヶ峰ゆりう。十六歳。今回の映画で大抜擢された新人女優です」

「へえ。あ、本当だ。まだほとんど出演歴がない」

スマホで調べてみたけれど、まともな経歴はほとんどわからなかった。ただ、溌剌とした宣材写真には好感を持った。

「で、主演女優とスタッフがこぞって船の旅？　映画会社の仕掛けるプロモーションの一環とか？」

「その通りです。今日の船の旅を通して主演女優への取材を行う、旅行会社との合同企画のようです」

新人女優が初主演映画を撮り終えるまでの日々をドキュメンタリー形式で記録し、後に雑誌やパッケージ特典映像にする。ありそうなことだ。

「ところでさ、リリテア。そう毎回律儀に俺の依頼についてくることないんだぞ。浮気調査くらい俺一人でやれるし」

「いいえ。断也様からはくれぐれも朔也様のおそばを離れるなと言われておりますので。それに朔也様と私、二人で」

「一人前、だろ。わかったよ」

「わかればいいのです」

「まずは葛城誠人を探そうか。無理せず無茶せず、地道にやっていこう」

「乗客の多くは今の時間、デッキで景色を楽しむか、早めのランチのためにレストランへ足を向けていることでしょう」

「違いないね」

言葉を交わしながら部屋を出る。

と、そこでスマホに着信があった。昔ながらのショートメッセージ。親父からだった。

――今から乗り移る。上空一万メートル。たけー。

「乗り移るって……」

てっきり離陸前の飛行機に侵入なりなんなりするんだと思っていた。どうもすでにハイジャック犯は飛行機を飛ばしてしまったらしい。

どんな方法で飛行中の旅客機に飛び移るのかわからないけれど、親父ならどうとでもやりそうだ。

「親子で随分な方向性の違いですね」

「反面教師にしてるからな。それにしても親父、高いところ苦手なのによくやるな」

迷惑だから滑って空から落っこちてくるなよ――とだけ返信しておこう。

□

葛城誠人(かつらぎまこと)はすらりと背の高い、なかなか人目を引く男だった。

「大手映画会社のプロデューサーなだけあって身なりは小綺麗(こぎれい)にしてるな」

彼はデッキの手すりに身を預け、ヘンテコな椰子(やし)の木の飾りの挿さったジュースを飲んでいる。身なりは小綺麗だが、あんな飲み物を注文するセンスはいかがなものか。大きなお世話だろうか。

そばには若い男連中がいて、時々言葉を交わしていた。同行しているスタッフかカメラマンあたりだろう。

上空を旅客機がジェットエンジンの音を響かせながら飛んでいった。もちろんあれはハイジャックされた旅客機とはまったく別物だ。

デッキには円形のプールがあり、たくさんの人が泳いだり、浮き輪に乗って漂ったりしている。向こうではバンドマンが陽気な音楽を生演奏中だ。

俺はカフェテラスのやたらと細長い椅子に腰をかけて、遠目に調査対象を観察していた。

「資料によれば彼は元々俳優で、若い頃にいくつかの映画にも出演していたそうです」

隣に座るリリテアは椰子の木の飾りの挿さったジュースを飲んでいる。俺は見て見ぬ振りをした。

「どうりで。年齢なりに老けてるけど、顔もかなり整ってる。俳優業の方じゃ目が出なくてプロデューサー業に落ち着いたってところかな？」

それでもプロデューサーとして業界で名を馳せているらしいから、そっちの才能はあったのだろう。

葛城が船内に戻ってからも俺たちは彼を尾行し、水平線の向こうに太陽が沈むまで離れた場所から監視を続けた。

現在葛城は船内レストランでディナーを楽しんでいる。引き続き離れた席から観察する。

「さりげなくつけてるけど、あの腕時計も国産の新車と同じくらいの値段はしそうだ。金回りもいいいんだな。うまい」

もちろんこちらも豪華な料理を堪能させてもらう。

「あの人なら近しい関係の異性には困らないかもしれないね。この子羊の肉も最高」

「朔也様、ガッツいてはいけません」

リリテアは流れるような所作でナイフとフォークを扱い、料理を口に運んでいる。完璧なマナーだ。

「仕方ないだろう。こんな豪華な船もレストランもほとんど経験がないんだから」

「様々な任務に対応できるように、これまで断也様からマナーその他を仕込まれてはこなかったのですか？」

「親父はそんなことしないよ。人を育てるって柄じゃないからな。あれは花すら育てたことがないんだ」

親父が育てるものがあるとしたら、網の上のロースくらいのものだ。

「リリテアも知ってるだろう。勝手に見て盗め――それが親父の考え」

探偵から〝盗め〟とは皮肉が効いている。

その親父は今頃旅客機の中で映画顔負けのアクションでも繰り広げているか、あるいはとっくに事件を解決して地上に帰還しているだろう。

「ところでリリテア。このデザートのシャーベット、もう一皿注文していい？」

隙を見ておねだりをしてみた。

リリテアは一瞬頭で何かを計算するような様子を見せた後、両手の人差し指でバツを作り、妙に慈愛に満ちた表情で――

「ダメ」と言った。

「いけません」でも「なりません」でもなく「ダメ」。

リリテアはこうして時々言葉遣いがブレる。完全な母国語ではないから、というのも理由の一つかもしれないけれど、この場合は単に二人だけの会話なので気を抜いているだけだ。

リリテアは助手としての立場を強調するために俺に対して尊敬語を使うけれど、ふとした拍子にこうして乱れる。

「朔也様のカロリー管理も私の仕事。太っちょさんになるのはダメです」

と、さらに口元にバツを強調してくる。真面目な表情と仕草のギャップがすごい。いや、案外ツッコミ待ちって可能性もあるな。今度機会があったらツッコんでみよう。

そして人のカロリーを制限しておきながら、リリテアは目の前の高級柔らかプリンを「るるっ」と美味しそうに口に含む。

次の一皿があると思わず目の前の一皿を大切にせよ。賢明な彼女はそう言っているのだ。

ディナーを終えて午後七時半。俺とリリテアは初日の催しの目玉である船上サーカス団の公演を見にいくために再びデッキに出ようとしていた。葛城がスタッフたちを引き連れてそれを見にいくという情報を掴んだのだ。

「おっと！　ごめんなさい」

その道中、廊下を曲がったところで人とぶつかってしまい、俺はとっさに顔を見るよりも先に謝った。すると相手は思わぬ反応を返してきた。

「あ！　おまえ！　追月のとこの息子！」

「え？」

顔を上げて驚いた。

くたびれたコートに怒り肩、見事なまでの天然パーマ。

「あれ、漫呂木さんじゃないですか」

なんと、相手は顔見知りだった。

名前を漫呂木薫太と言い、親父とは十年近くの付き合いになる。

三十歳独身。結構有能らしいのだけれどそれほど出世はしていない。あまり人望がないのだろう。端的に言うと売れない刑事だ。

「なんで漫呂木さんがこんな高級な船に？」

「ほっとけ！　その……弟が手配して乗っけてくれたんだよ」

そう言えば彼の弟は実業家でかなりのセレブだと聞いたことがある。

「おまえがいるってことは親父もいるんだろう？　なんでせっかくの旅行でおまえら親子と顔を合わせなきゃならんのだ」

彼は頭をかきながらぼやく。

「おまえら……と言うか主に追月断也がいるといつもろくなことが起きないんだ。のっぴきならない事件に巻き込まれるのはごめんだぞ」

漫呂木の眼光は鋭いが、よく見ると日頃の職務ですっかり倦み疲れている。

「まるで親父が謎の引力で事件を引き寄せているみたいな言い方じゃないですか」

過去の結果を振り返ると、一概に否定もできないけれど。

「でも安心してください。親父は別件でここにはいません」

「それならいいが……いや、息子のおまえも迷惑な素質を受け継いでる可能性も……」

「よしてくださいよ」

「とにかくおまえも大人しくしてろよ。面倒事なんて起こすな。見ての通り俺は休暇中なんだからな」

そう言って彼が指さしたのは、船内にある大人向けのバーだった。

「お酒ですか。サーカス見ないの？」

「ほっとけ。どうせ俺には同伴者もいないんだ。おまえと違ってな」

続けて漫呂木はリリテアを指す。

「キミもご苦労なことだな。放蕩(ほうとう)息子の世話を断也のヤツに押し付けられて。辛(つら)くなったらいつでも言いなさい。いい弁護士を紹介するからね」

漫呂木は日頃リリテアとも顔を合わせているのだが、どうもこの刑事は俺とリリテアの関係性を誤解している節がある。

リリテアはそんな誤解を解くわけでもなく、ただ肩をキュッとすぼめてみせた。

「それじゃアルコールの御名(みな)においていい夜を」

よくわからない言葉を残し、漫呂木はバーの暗がりへ消えていった。

洋上の船に探偵と刑事が揃い踏み、か。確かに偶然とは言え、これがドラマならいかにもなにか一悶着起きそうな取り合わせだ。

「引力……か。いや、まさかね」

「朔也様、そろそろ開演のお時間です」

「おっとそうだった。行こう」

デッキに用意された半円形のステージの周りには、観客のための椅子が整然と並べられていた。

サーカスのオープニングが始まったのはちょうどリリテアと並んで席についた時だった。

隣の人に押されてトロピカルジュースがこぼれそうになる。

入り口で貰ったパンフレットには主催団体や演目の他に協賛企業の名が連なっていた。

「サーカスなんて見るの、いつぶりだろう。リリテアは？」

「私は初めてです。その、絵本で読んだことがあるくらいで」

「絵本」

「……なんですか？」

「可愛らしくていいね。それなら今日は存分に楽しむといいよ」

「何を言うのですか。これも仕事の一環ですよ」

真面目な助手は緊張感に欠ける探偵に釘を刺してくる。

「朔也様、演目に目を奪われてターゲットを見失わないでくださいね」

「平気だよ。そもそも俺はサーカスに興味はないし」

「そう、なのですか？」

「ほら、サーカスって時には命に関わるような危険なこともするだろ？　空中ブランコとか綱渡りとか。そういうのをどう楽しめばいいのか俺にはちょっとわからないんだよ」

その後、実際ショーが始まると俺の言った通り、定番の演目が披露されていった。

空中ブランコ、綱渡り、アクロバットにナイフ投げ――。

目の前で繰り広げられるたびに俺の鼓動は速まり、手のひらは汗で湿った。

「朔也……大丈夫？」

リリテアが俺の様子に目ざとく気づいて、俺の手の上に自らの手を乗せてくる。

俺は笑顔のまま「大丈夫だよ」と言った。

「わかってる。サーカスなんて深く考えずにスリルを楽しめばいい。子供にだってできることだ」

だけどそれは自分の死を身近に実感していないからできることなのだ。死の味や威力や、あのどうしようもない孤独感を知らないから娯楽として享受できるのだ。

もし手元が狂ってあのナイフが数センチずれたら――。

綱渡りの途中で足を滑らせたら――。

もちろんサーカス団員はそんなミスをしないように皆厳しい鍛錬を積んでいるはずだ。けれど万が一そんなことが起きたら、きっと低くない確率で命を落とすだろう。

けれど俺が個人的に楽しめているかどうかはさておき、立て続けに披露される演目は実際どれもド派手で他の観客を確実に魅了していた。

ステージには巨大なピエロの顔のバルーンが飾られており、それもまた公演を盛り立てている。

「ピエロだね」と何気なくリリテアに言うと「あれはクラウンです」と訂正された。

「どう違うの？」

「クラウンは道化師。ピエロはその中の一つです」

絵本で読んだことがあるくらいと言っていたわりに詳しい。

「そうなのか。知らなくてごめん」

「ピエロは泣いていますよ」

「泣かせてしまって悪かったよ」

俺は誰に謝っているんだ。

「そうではありません。頬(ほお)に涙のメイクをしているのがピエロだと言ったんです」

馬鹿にされ、嘲笑(あざわら)われるのがピエロの役割なのだとリリテアは言った。悲しみを背負っていると。

そう教わってから改めて大きなクラウンの顔を見ると、ピエロに比べてなんだか腹に一物抱えていそうな悪い表情にも見えてきた。なんて奴だ。おまえはピエロの悲しみを想像したことがあるのか。

公演のきらびやかさは、人々にここが船の上であることを忘れさせるのに充分らしかった。

よく見てみるとリリテアもサーカスの陽気な音楽に合わせて体をわずかに左右に揺らしている。人生初のサーカスを全身で楽しんでいるようで微笑ましい。

それでも——リリテアの、そして俺の視線は公演の最初から抜かりなく左斜め前方にも向けられていた。

そこには葛城誠人が座っている。

葛城は前のめりになるでもなく、退屈そうにしているわけでもなく、淡々とサーカスを楽しんでいる様子だった。左隣に男性、右隣には女性が座っている。

もし浮気相手と逢引をするなら今が好機だ。だとすれば右側の女性が怪しい——のだが、それにしては距離感が微妙だ。恋仲ならもっと親密にしていそうなものなのに。

などと観察していると、遅れてやってきた一組の家族が葛城の座る席の前を通った。その際、家族はしばしば足を止めて彼と二、三言葉を交わし、会釈し合っていた。知り合いなのだろう。

「いくら見張っても異性と一対一で接触する様子がまったくないな。奥様の疑惑は勘違い、かな」

サーカス団員の雑技を目で追いながら、早くも依頼達成の気分に浸っていると「それはどうでしょう」とリリテアが疑問を呈してきた。

「何か思うところでも？」

「不倫相手が女性だとは限りません」

「それは……可能性で言えばそうだけど、あの人、結婚してるんだろう？　依頼主は奥さんだし」

「結婚した後で本当の自分に気づいたのかもしれませんよ。そのことで思い悩んだ彼は誰にも相談できないまま夜の街を彷徨（さまよ）い、やがて降り出す雨。そこで手を差し伸べてくれた一人の青年と特別な関係を持ったとして、なんの不思議がありましょう」

「別に不思議ではないけどさ」

しかし言われてみれば、愛の形は様々だ。リリテアの柔軟な発想には感心する。

「もっと言えば、欲情する相手は人間ですらないかもしれません」

「え」

「可能性の話です。あくまで」

「例えば？」

「猫とかサボテンとか飛行機とか」

「やめてくれ！　それ以上俺の中の観念をグチャグチャにしないでくれ！」

頭を抱えて悶える俺を、なぜかリリテアは微笑ましそうに眺めている。人の苦しむ姿をそんな目で見ないで欲しい。

出会った時からそうだけれど、変わった子だ。

リリテアとの出会いは今から半年ほど前に遡る。彼女は俺の親父が当時解決にあたっていた事件——俺は見習いとして同行していた——の重要な関係者だったのだ。

あの時は散々な、本当に散々な目に遭ったけれど、親父の手によって事件は無事解決された。いや、今にして思えば〝無事〟ではなかったし、あれは解決したと言っていいようなシロモノでもなかったような気がするけれど。

ともかくその事件の後、リリテアはあるのっぴきならない事情から、行き場も生き場も逝き場も失い、結局うちの事務所に引き取られた。全て親父の判断だ。

付き合いはそれから続いている。

「どうであれ、まだまだ気は抜けません。夜は長うございます」

「ま……そうだな。葛城の部屋は押さえてるし」

焦ることはない。航海は始まったばかり。実際夜も旅も長いのだ。

「尻尾を見せないようなら、いい頃合いで清掃員にでも化けて部屋の中にカメラの一つでも仕掛けて――」

と、そこで一際大きな拍手が起こった。見るとバルーンの――ではなく本物の陽気なクラウン(道化師)が大袈裟(おおげさ)なお辞儀をして袖に引っ込んでいくところだった。

「ま、小賢(こざか)しいことは後で考えるとして、今は対象の監視とサーカスを楽しもう。ほら、次は目玉の曲芸バイクだ」

多少強がって演目にも興味を示してみせる。

やがてステージ中央に大きな金網の球体が登場した。その中へモトクロスバイクが次々に入っていく。

「あの球体の中をバイクで走るのですか？」

「そう。グルグル走り回るらしい。恐れ入るよね。俺だったら二秒で事故ってあの世行きだ」

後で調べたら、その曲芸にはグローブ・オブ・デスという名前がついていた。

名前も怖い。

二章　死んじゃヤですからね

サーカス公演が終わると、人々はそれぞれに感想を述べ合いながら船内に戻っていった。様子を窺う（うかが）と葛城（かつらぎ）も席を離れるところだった。

そのタイミングでリリテアも同じく席を立つ。

「それじゃリリテア、手筈（てはず）通りに」

「はい」

ここからは一旦別行動だ。

リリテアは船内のアクティビティに興じるフリをしつつ、引き続き葛城の監視を、そして俺は彼の周辺にいる関係者にそれとなく接近して日頃の様子や人となりを聞き出す。探偵と助手らしく、分担して情報収集というわけだ。

からかい半分で「きらびやかな遊びの誘惑に負けないように」と言うと、リリテアは「心の底から心外です」と目を細めた。底なのか外なのかどっちだ。

「確かにショッピング、映画鑑賞、カジノに各種アクティビティ。夜の船内は歓楽満載でございますが、それらはあくまでカモフラージュ。リリテアはそのような誘惑には負けません」

「助手として見事な態度だよ、リリテア。くしゃくしゃになるまで読み込んだ形跡のある船内パンフレットを背中に隠しながらでなかったらなおよかったんだけど」

「なんのことでしょう?」

「ともかく気をつけて」

「……朔也も、どうか気をつけて」

別れ際に何気なくそう声をかけると、思いも掛けない真っ直ぐさでそう言葉を返された。

その場違いな深刻さを、俺は笑うことができなかった。これまでのことを振り返ると彼女の言葉も無理はないからだ。

俺は無言の目配せを交わし、リリテアと別れて船内に戻った。

「さて、俺も誘惑に負けないうちに仕事仕事……と、その前に……」

回れ右をして近くのトイレに入った。

なんというか、トロピカルジュースの飲み過ぎには注意が必要ということだ。


「ふう……」

実はサーカスの中盤あたりから危険水域に達しつつあったので、間に合ってよかった。

「ここに親父がいたら、探偵たるもの調査中はたとえ全漏らししても対象から目を離すなとか無茶言うんだろうな」

トイレに先客はおらず、俺は落ち着いて小さい方に集中することができた。

「探偵稼業も楽じゃない……っと」

益体もない独り言も口をつく。

「きゃん！」

と――、そんな男による男のための空間に、突然可愛らしい声が響いた。

俺の用はまだ終わっていない。そんな体勢のまま、恐る恐る首だけを後ろに向けると、タイル張りの床の上に女の子が倒れていた。

「……え？」

突然男子トイレに姿を現した異性を前に、俺はもう個人的な用事どころではなくなっていた。

一体いつどこから現れた？

数秒前までそこには誰もいなかったのに。

テレポーテーション？

いや、そんなわけはない。答えは天井にあった。

少女の真上には人一人が通れるくらいの大きさの排気口があって、その蓋が取れて床に転がっていた。

「くぅぅうん……！　いたた……」

見知らぬ少女はそこから落ちてきたのだ。落ちた時に床で強打したらしく、目に涙を溜めてお尻をさすっている。

「うぅ……映画みたいにはいかないか…………あ」

目が合った。

「あ、お邪魔してます……。ええっと……あのう……ここは？」

「男子トイレだけど」

「そんなぁ！」

よくわからないけれど、なんだか無性にこの子がかわいそうになってきた。

俺は彼女に背を向けて洗面台へ向かい、丁寧に手を洗った。

「ま、待って！　違うんです！　刺激しないようにそっとこの場を立ち去ろうって思ってるんでしょう⁉　覗き(のぞ)じゃありません！　ヘンタイでもないんです！　これには理由があってぇ……！」

「落ち着いて」

別に彼女の想像するような考えは抱いていない。単にこれはエチケットの問題だ。

「大丈夫？　立てる？　ほらこの通り手は洗った」

「その……」

「ああ、俺は追月朔也(おうつきさくや)。怪しい者じゃないよ。ただの探て……」

警戒心を解くために自己紹介をしかけて俺は口をつぐんだ。浮気調査という依頼の特性上、この船にいる間は自分が探偵であることは伏せておくに越したことはない。

けれどそんな配慮は無駄だった。

「追月(おうつき)……朔也(さくや)さん……って、探偵さん……なんですか？」

「ど、どうしてそれを？」

すでに知られている。

「上から落ちる直前……そこのダクトの中にいる時、独り言を聞いちゃって……。探偵稼業も楽じゃないって」

「ああ……」

壁に耳ありダクトにも耳ありだ。

「まあ……それならそれでもいいか」

こんな事態は予測も予防もしようがない。起きたことは起きたことだ。

「あ、あの……」

しばらくの間俺の手は寂しく差し出されたままだったけれど、ようやく少女が握り返してきた。

それも、しがみつくような勢いで。

「それなら！　お仕事の依頼って受けてますか⁉」

「い、依頼？」

「猫を探して欲しいんです！」

また予測も予防も不可能な展開だ。

依頼？　たった今会ったばかりの俺に？　男子トイレの真ん中で？

混乱を抱えたまま、改めて真正面から少女の顔を見る。

思わずハッとした。

「あれ？　キミって……」

「お願い！　探偵さん！」

ようやく気づいた。

俺の手を握り返してきたその少女は女優の灰ヶ峰（はいがみね）ゆりうだった。

□

連れ立ってそそくさとトイレを出た後、俺は少女を近くのソファに座らせた。

「灰ヶ峰ゆりう……さんだよね？　女優の」

隣に座って改めて確認してみたけれど、少女はやっぱり女優・灰ヶ峰ゆりうその人に間違いなかった。

「え!?　どうしてそれを！」

装飾の控えめな淡い桃色のドレスがよく似合っている。

「探偵の洞察力……っていうのは冗談で、キミの写真を見たことがあったんだ」

「わーん！　あたしみたいな無名ド新人のこと知ってくれてるなんて……！　嬉しい……くぅぅうん！」

何やら喜びを噛みしめている。

「それで、どうしてそんなキミがダクトの中に」

「ルルーちゃんを探してたんです……。奥から声が聞こえたから……怒られるかなとは思ったんですけどとっさに入っちゃって……。でもあんな場所に落ちたのは事故なんです！　急に蓋が外れて……気がついたら男の子のおトイレに……いて……ぷ……はひゃひゃ！」

説明しながら笑い出した。

「ごめんなさ……思い出してみたら自分の状況が笑えてきちゃって！　あー……本当にその節は失礼しました……」

そうかと思えば急にしおらしさを取り戻して頭を下げてくる。感情がめまぐるしい。

しかしスパイ映画ならまだしも、現実にダクトの中を匍匐前進で突き進む人がいたとは驚きだ。

「失せ猫探しか。そのルルーっていうのがキミの猫の名前？」

「そうです。でもそうじゃないんです」

「……どういうこと？」

「名前はルルーちゃんだけど、あたしの猫ちゃんじゃないんです。ルルーちゃんはプロデューサーさんが可愛がってる猫ちゃんなんですよ。三毛のメスで……」

「え、誰の猫だって？」

思わず大きな声をあげてしまった。これは思わぬ収穫だ。

「プロデューサーの葛城さんって人です。大の猫好きみたいなんですよ。それでこの船旅にも連れてきてたみたいなんだけど、一匹逃げ出しちゃったらしくて」

「それでキミが猫探しを？　その葛城さんに頼まれたの？」

「ううん。あたしが勝手にやってるだけです」

「頼まれもしないのにダクトにまで入ったの？　キミ、奇特な人だね」

「だって心配じゃないですか」

そんな風に何のてらいもなく言われると言葉に詰まる。

「だけど全然見つからなくって困ってたんです……。だから探すのを手伝ってもらえたらと思ったんです。急にすみません。落っこちた先に探偵さんがいたもんだからつい勢いで！」

「落下の勢いで依頼するなよ」

淡白に突っ込むと、意外にもゆりうは「はひゃひゃ！」と楽しそうに笑った。結構ノリがいい。

文字通り天井から降って湧いた依頼だったけれど、ここでパパッと猫を探し出して葛城に届ければ一気に彼に接近し、尚且つ警戒心も解くことができる。必然、その後の調査も格段にスムーズになる。悪くない。

「わかったよ。その依頼、引き受けよう。ルルーを探せばいいんだな」

「ありがとうございます！」

「もちろん報酬もきちんと払ってもらうよ」

何事もギブアンドテイク。そう突きつけるとゆりうは途端に眉をしょぼんとさせた。彼女が犬だったら両耳がわかりやすく垂れているところだ。

「報酬……お金ですか？　あ、その……あたしまだ女優として全然売れてなくて、あんまり手持ちがないんですけど……」

「それは困ったなあ。そうだ、ならこうしよう。無事に猫が見つかったら報酬として俺と友達になってもらう。どうかな？」

「へ？　そんなことでいいんですか？」

「うん。精一杯の譲歩ってことで」

もちろん嘘。最初からこっちの報酬が本命だ。ゆりうと仲良くなっておけば、彼女から葛城のことも色々と聞き出せる。

「それなら喜んで！」

「交渉成立だ。それじゃ早速猫探しと行こうか」

「はい！　最後にルルーちゃんを見かけた場所に案内しますよ。師匠！　こっちです！」

「うん…………いやちょっと待った。師匠って何？」

さあ出発だ、と思ったところで出鼻を挫かれた。

「あ、やっぱり気づいちゃいました？」

「キミのような弟子を取った覚えはないいんですが」

「実はそのー、あたし……探偵になりたいんです！」

「……転職希望？　女優の道に早くも限界を感じて？」

「違います！　むしろ逆です！　お芝居のために勉強したいんです！」

「探偵業を勉強したいの？」

「実はあたし、初めて映画の主演に選ばれたんですけど……そこであたしの演じる役が探偵なんです」

「そうなんだ」

「聞いたことありません？　女子高生探偵うずら！」

初耳だ。しかし妙ちくりんな名前の探偵もいたものだ。その映画大丈夫か？

「だけど何もかも初めてのことで、どう役作りしたらいいかずっと悩んでたんです……。それでも結局よくわからなかったから、もういっそのこと普段から探偵になったつもりで生活してみたらどうかなって思って」

「役作りのために探偵の真似事か。ははあ、それでプロデューサーの猫探しに強引に名乗りを上げたんだな」

「恥ずかしながら……でも、心配なのは本当なんです！」

「そんな時に本物の探偵と知り合ったもんだから、勢いで弟子入り志願を？」

「うぅ……ダメ……ですかぁ？」

まあ考えてみたら船内での失せ物探しなら船のスタッフに任せればいい話で、わざわざ自分で動く必要はない。いくら心優しい人でも善意だけでクモの巣に塗れながら猫探しをするのは、ちょっと妙な話だった。

「その映画、人気の推理小説が原作で、お客さんの評判がよければシリーズ化の構想もあるらしいんです！　でも、もし上手くいかなかったら続かないし……きっとあたしみたいな、ちゃんと演技の勉強も積んできてない素人なんて、今後のお仕事ももらえなくなっちゃうと思います。だから……絶対成功させたいんです！　邪魔はしません。むしろ役に立ってみせますから！」

「うーん……」

突然そんなことを言われても正直困る。彼女の人生を背負う勇気もない。

だけどここまですがられて「素人にウロチョロされちゃ仕事の邪魔だ。足手纏いはいらねー」なんてきっぱりと断れるほどの信念を、俺は持ち合わせていない。

「お願い！」

だからこうして強くお願いされるとどうも断りきれない。俺という人間にはそういうところがある。そのせいでこれまで少なくない損を被ってもきた。

「ハァ……わかったよ。好きにするといい。役作りの肥やしになるとは思えないけど」

ここは変に突き放すよりも、適度に彼女の願いを満たしてあげたほうがいいだろう。もしかするとまた損を被るかもしれないけれど、人間そう簡単に変われるものじゃない。

しかし役作りのためにここまで行動できるとは、大した情熱だ。案外大物女優になるかもしれない。

「ただし、俺が探偵だってことは他の誰にも内緒で頼むよ。業務上のルールってやつだ」

「わかりました！　素性はトップシークレットですね！　なんだかスパイみたい！」

「探偵だってば。で、どこで猫……ルルーを見かけたって？　三毛猫って言ってたっけ」

「えっと、このフロアのもっと後ろの方でした。チラッとしか見えなかったんですけど、間違いないです。でも……」

急に歯切れが悪くなった。

「まさか怪我でもしてたとか？」

「ううん。元気そうでした。だけどルルーちゃん、何か背中にヘンなもの背負ってたんですよね」

「背負ってた？　何を？」

「さあ？　リュック……みたいな？」

猫がリュックを背負って家出？　メルヘンすぎる。

押しかけ探偵見習いこと灰ケ峰（はいがみね）ゆりうがルルーを見かけたと言うので、俺たちは二階フロアの後部へやってきた。

「ルルー！　ルルーちゃーん！」

ゆりうは通りかかる人の目も気にせずルルーの名を呼ぶ。なんというか、一生懸命だ。

「やっぱりもう見当たりませんね。この廊下をこう、あっちに向かってピューって走って行って……」

「ゆりうちゃん待った。これ」

俺は角の壁の低い位置に気になるものを見つけた。床に膝をついて確かめる。引（ひ）っ掻（か）き傷（きず）だ。

「手がかり発見」

「やった！　師匠やりましたね！」

同じく床に突っ伏して傷を確認したゆりうが、小首を傾（かし）げてこちらを覗（のぞ）き込（こ）んでくる。

その無防備さに俺は慌てて立ち上がる。不覚にもドキッとしてしまった。

「しかしこんな高そうな壁紙で爪を研いだのか。なんか感じ悪い猫だな。探すのやめようかな」

「そんなこと言わずに！　で、ここからどうします？」

顔を上げるとその先に階段があった。三階へ上がるのと、一階へ降りるの。

「上か下か」

「手分け？」

「それだ」

せっかくだから人材は有効に活用させてもらう。ということでゆりうには上階へ行ってもらうことになった。俺は下。

別行動をとるにあたって俺たちは互いの連絡先を交換した。

「ゆりうちゃん、もしなにか危険なことがあったらすぐに連絡を……」

「は、はい。すぐに師匠に助けを求めればいいんですね！」

「連絡をするからすぐに俺のところに駆けつけてくれ」

「……あたしが駆けつける方なんですね」

「あ！　じゃなくて！　うん。もちろん俺の方からも助けに向かうよ。相互支援」

「はい！　あたしも気をつけます！　師匠も死んじゃヤですからね！」

「心優しい弟子を持って幸せだ」

「や、優しいだなんてとんでもない！　その言葉、そっくりそのまま蝶々(ちょうちょう)結びで師匠にお返しします！」

　そこまで丁重に返されてしまうと、完全な受け取り拒否って感じでちょっと悲しい。

「ともかく俺も大丈夫。死なない。ルルーを見つけて生きて再会しよう」

　何となく始めてしまった大袈裟（おおげさ）な茶番に終止符を打ち、俺はゆりうと別れた。

　そうだ。癖付いてしまった死への不安からつい情けないことを言ってしまったけれど、猫探しでいちいち死んでいたら命がいくつあっても足りない。

　だいたいフィクションの世界じゃないんだから、そうポンポンと殺人事件が起きてはたまらない。


　一階の廊下をまっすぐ進む。その先は倉庫のような造りになっていた。立ち入り禁止というわけではなさそうだったけれど、乗客の出入りを想定していない殺風景な場所だ。乗客が利用する階層は二階から上になっているのだ。

　通りかかった男性スタッフに事情を説明して、猫を探させてもらいたいとお願いしてみた。やたら背の高い、それでいて少し猫背のそのスタッフは快く許可を出してくれた。

　別れ際に一応彼にもルルーを見かけなかったか尋ねてみる。

「三毛猫ですか？　見てませんね。すみません」

　彼は目深にかぶった帽子のツバに軽く触れながら丁寧に詫（わ）びてくれた。

「いえいえ」

「ああ、でも猫なら匂いにつられて厨房の方へ行ったりしてるんじゃないですかね」

「厨房はどちらに？」

「上の階です」

こっちはハズレだったかな？

それでも念のため、ざっと奥の方も見て回ることにする。

そこから奥へ進むと、ちょっとしたホールのような場所に出た。船の資材でも入っているのか、一メートル四方大の木箱が見上げるほど高く積まれている。

「ここ、結構薄暗いな……」

ゆりうにあれだけ啖呵を切っておきながら、俺は場の雰囲気に早くも気圧され始めていた。

「こう薄暗いと荷物の陰に誰か潜んでいても気づかないだろうなあ。いきなりチェーンソー持った身長二メートルの男が出てきて真っ二つにされたりして」

絶対あり得ないことを想定してしまう。

「そして解体加工された豚肉と一緒に冷凍庫に吊るされるんだ……」

つい、最低最悪かつ、想定不要の可能性を妄想してしまう。

どうしようもない、益体もない、染み付いてしまった悪癖だ。

「そうじゃなくてもあの木箱が何かの拍子にこっちに崩れてきたら……。それで即死ならまだいいけど、下半身だけ潰されちゃって動けもせず、苦しみながらじわじわ死んでいくなんて絶対嫌だな」

勝手に想像して勝手にブルブルと身を震わせる。

死は怖い。

死は嫌だ。

けれど怖がれば怖がるほど、嫌がれば嫌がるほど考えてしまう。

その時、いきなりポケットの中のスマホが震えて声が出そうになった。

「な、なんだ親父からのメールか……。なにもこんなタイミングで」

ぼやきながらメッセージを開く。

――大往生愚息虫よ。地味な仕事に励んでるか？　どうせ怖くて震えてんだろ？

どんな大切な内容かと思ったらただの煽りだった。

「なんだよ大往生愚息虫って。うまいこと言ったつもりか！」

腹が立ったので返信はしないことにした。

「ああ、ダメだダメだ。弱気はもうやめだ！」

必死に気持ちを切り替え、あたりを調べることにした。

倉庫には木箱の他にも山積みにされた単管の骨組みや、一輪車や万国旗などもあった。

「一輪車？　国旗？　なんでこんな物が……ああ、そうか。これってさっきの」

遅れてそれらがあのサーカス団の商売道具であると気づく。

「公演が終わるとここにセットや道具を収めてるのか」

けれどあの特徴的な巨大クラウンのバルーンは見当たらなかった。公演は明日もあるから、大掛かりなものは撤収せずデッキにそのままにしてあるのだろう。

近くには男心をくすぐる例のモトクロスバイクも並んでいる。

「しかしサーカス団の人も大変だな。バイクの整備も全部ここでやってるのか」

バイクの前にしゃがみ込んで指先でホイールに触れてみる。

「潮風で傷みそうだしな」

そこでギシっと音が鳴った。

つられて俺は右斜め上のあたりを見た。

そこに――知らない男がぶら下がっていた。

「…………えっ!?」

否(いや)、正確には首を吊(つ)っていた。


船の揺れに合わせて右に左にと振り子のように体が揺れている。つま先は床から一・五メートルくらいの高さだ。

頬(ほお)の少しこけたその男は不機嫌そうな一重瞼(ひとえまぶた)を大きく見開き、口からは作り物みたいに大きな舌が覗いていた。

鬱血した顔は熟れすぎた果実みたいだ。

「死……！」

死んでいる。直感的に本能的に、解った。男はすでに死んでいる。

怖い恐い。痛い傷い。億劫で剣呑で嫌な厭な死が目の前にぶら下がっている。

「嗚呼……なんでこんな状況を見つけちゃったんだろ……」

人間の死体を見たのはこれが初めてではないけれど、何度か見たことがあるから平気になる——というようなものじゃない。

でも、ひどい話だとは思うけれど、正直痛ましさよりも憂鬱が勝った。

だって、見つけてしまったら関わらないといけないじゃないか。

見て見ぬ振りなんてこと、曲がりなりにも探偵を名乗る者には許されないだろう？

混乱と戦慄の余韻を感じつつも、まずは遺体に向かって一度合掌する。

「……ダメ……か」

それから改めて男の体を調べてみたが、やっぱり完全に死んでいた。

「年齢は二十代半ばくらい、かな。ん？　これって、バイクの整備用の……？」

男が吊られていたのは電気ホイストのフックに取り付けられたベルトだった。ホイストとはワイヤロープで重い物を上げ下げする機械のことだ。

コードで繋(つな)がったリモコンが上から垂れている。リモコンには上下二つのボタンがついている。押している間だけホイストが可動し、離すと停止するタイプだ。

多分、サーカス団のバイク乗りが愛機の整備のために、この倉庫の天井に取り付けたんだろう。

確かにバイクを宙吊(ちゅうづ)りにできれば何かと整備しやすいだろうし、何かと首吊(くびつ)り自殺もしやすい。

ナーウ。

と、ふいにその場に似つかわしくない音を聞いた。

聞いたはずだ。船のエンジン音に邪魔されてはっきりとは聞こえなかったけれど。

「今のは……？」

耳をすませてみても、もう聞こえない。機械音とは違う、妙に野太い独特な音だった。

なんだったんだろう？　聞き間違い？

気になるところだが、そっちは後回しにすることにした。

「もしもし？　リリテア？」

確認するものをし終えると、俺はスマホで勤勉な助手を呼び出した。

彼女はわずかワンコールで通話に出た。

「実は色々あって今船の一階の倉庫室にいるんだけど、ちょっとこっちで大変なことが起きてて……え？　今ダーツがいいところ？　なんで本当にダーツを楽しんでんだ！　いいからすぐに近くのスタッフに伝えてくれ。死体だよ！　一階の倉庫で死体が見つかった！自殺……あ」

用件を捲し立てている途中で、俺は宙吊りの男から数メートル離れた場所にスマホが落ちていることに気づいた。少し薄暗い倉庫の中でその画面の明かりがこちらに存在を主張している。落とした時の衝撃のためか、画面は無残にひび割れていた。

「ロックが外れてるな。いや、それよりも、考えてみたら――」

俺はこの首吊り自殺の状況のそもそもの不審点にようやく気がついた。

「そう言えば高すぎるな。死体の位置……」

この男が自分でホイストのリモコンのボタンを押して自分自身を吊り上げたのなら、せいぜい数十センチ足が地面から離れた段階で首は絞まる。当然その時点で呼吸ができなくなり、意識も朦朧とするはずだ。そうなれば誰だって、どんな屈強な人物だって手にしていたリモコンを手放すはず。

リモコンを手放せばボタンからも指が離れ、ホイストの上昇も停止する。

けれど男の体は地上から一・五メートルも吊り上げられている。

つまり――。

「リモコンを操作したのは彼じゃない。他の誰かだ。誰かが上昇ボタンを押し続けていたんだ」

　死ね、死ね、死んでくれ――。

　強い殺意か、興奮か、念押しのために彼を高く吊るした。

「他殺……殺人……」

　だとしたらリモコンを操作した何者かには罪があるはずだ。一人の男を亡き者にした罪が。

　レストラン、バー、サーカス、プール。この船にはなんでもある。一つの街みたいなものだ。けれど警察署はない。それなら、誰かがその罪を見つけておかねばならない。裁くことはせずとも、暴くことはしなければ。

　その時、落ちていたスマホが遅れてスリープ状態に入った。持ち主の魂をなぞるかのように画面が暗くなる。

　それによってもう一つの見落としに気づく。

「……今頃スリープに？　このタイミングで？」

　思わず四つん這いになって真っ暗になったスマホを覗き込む。

「ん？　これは……？」

　画面に指でなぞったような跡が残っている。天井の照明の角度によって真っ暗になったスマホの画面に浮き上がったのだ。

「これ、指先でロックを解除した時の跡だな」

自然に考えればこれは持ち主の指の跡だろう。九つの点を一筆書きでなぞってロックを解除する方式だ。

パターンを教えていないからと安心していると、寝ている間に奥さんや恋人に画面上に残った指の軌跡を見られて、そこからロックを解除されてしまう――なんて話をテレビか何かで見たことがある。俺には縁のない話だけれど。

この指の跡をなぞれば、殺された男のスマホのロックを解除することもできそうだ。上手(うま)くいけば日記とか遺書とか、何か彼の死についての情報が残されているかもしれない。何もなければないで、これが自殺に見せかけた他殺である可能性が高まる。

「死者の棺(ひつぎ)を暴くようで申し訳ないけど、ちょっと失礼して――」

そして画面に触れようとしたところで――いきなり背後から組み付かれた。

「っ……!? だ………ゴホッ……ぅ!?」

誰だ！　そう叫ぼうとしたら、声の代わりに喉の奥から大量の血が出てきた。ドロっとした血液だった。

それっきり、俺は二度と息を吸い込むことはできなかった。

背後の何者かを振り払い、その場に倒れ込む。のたうち回りながら視線を下ろすと、自分の喉元に深々とナイフが突き刺さっているのが見えた。

「な……ん……！」

必死に喉を両手で押さえても血は噴き出し続ける。俺の死はもはや必至だった。
両足から力が抜ける。
仰向けで見上げた視線の先に人影。誰かが立って死にゆく俺を見下ろしている。
背後から俺の喉元にナイフを突き刺した誰かが……。
こいつが首吊りを偽装した犯人だ。
俺の目の前に……犯人が。
なのに——くそ。血が失われすぎてる。
目が……霞んでよく見えない。
犯人は誰だ？
男か？　女か？
年齢は……特徴……は……。
本当に、探偵は命がいくつあっても足りない職業だ。
ああ、本当に。
死は怖い。
だから死は嫌なんだ。
自分の死も他人の死も平等に、嫌なんだ。
とりあえず、昨日のうちに遺書を書いといてよかった。

三章　絶命しちゃったわけです

　ぼんやりとした意識の中、ゆっくりと目を開ける。定まらない焦点を徐々に合わせていくと、目の前にリリテアの恐ろしく整った顔があり、後頭部には彼女の柔らかな膝枕の感触があった。

　俺の意識が完全に戻るのを見て取ると、リリテアはいつものように恭しく出迎えてくれた。

「蘇りなさいませ、朔也様」

「う……ゴホッ！　ゲホッ！」

　激しく咳き込み、血の塊を吐き出しながら上半身を起こす。

　座り込んだ体勢のまま、リリテアを振り返った。

　彼女はそこに姿勢よく膝をつき、こっちをまっすぐ見ている。

　彼女の洋服は血塗れだ。

　頬や両手にもべったりと血糊が付いており、それはすでに乾きかけている。もちろん全部俺の血だ。

　リリテアは俺が殺されるたびにいつもそばにいて蘇りを待ってくれている。俺の血や、涙や、嘔吐物をなんのためらいもなく受け止めて。

そして生き返った俺に、呆(あき)れと嘲りと生真面目さと愛情の混在した声色で言う。

「また殺されてしまったのですね、朔也様」

「……そうみたい」

殺された。また殺された。

「ナイフで喉元を一突きされていらっしゃいました。うかつでございます」

殺される間際の記憶は曖昧だが、こみ上げてくる血の味はよく覚えていた。

それから俺はハッとなって寝坊した人みたいに腕時計を確認した。

「朔也様は一時間と六分、永眠(ねむ)っておいででした」

場所は変わっていない。一階の倉庫だ。

「俺、ここで殺されて……あの時……」

生前の記憶を辿(たど)り、俺は落ち込んだ。

あれだけ死を恐れ、想定していたにもかかわらず、やっぱり結局殺された。ものの見事にあっさりと。

「朔也様からの一報の後、スタッフ様を引き連れてこちらの倉庫へやって参りましたところ、渡乃屋捻彦(わたのやねじひこ)氏と朔也様のご遺体を発見しました。現在この件は他の乗客の方々には内密にしていただいております」

「察しが早くて助かるよ……わたのや？　誰だって？」

「渡乃屋捻彦。首を吊っていらっしゃったもう一人の死者の氏名です」

「もう被害者の身元までわかってるんだな」

「身分証を所持していましたから。そして彼のご家族は現在出歩かず、お部屋に留まっておいでです。身内を殺害されてしまったのですから当然と言えば当然ですが」

「家族……渡乃屋捻彦は一家でこの船に乗ってるのか」

「はい。皆様、朔也様を憎んでおられます」

「俺だって殺されたくて殺されたわけじゃないよ。背後からいきなり襲われたんだ……ん？」

リリテアがあまりに淡々と報告するものだから、おかしな部分を聞き逃すところだった。

「今なんて言った？　憎む？　俺を？」

なんで？

「それは現場の状況から朔也様が捻彦氏を殺害したと目されているからでございます」

「なんでそんなことに！」

「右手をご覧ください」

「……バスガイドさん？」

「そうではございません。捻彦氏の遺体の足元をご覧ください」

喉の奥にまだ残っていた血を飲み込みながら、言われた方を見た。

遺体はまだ同じ場所でぶら下がっていた。現場の保存のためだろうか。まだ下ろしてもらえていないとは不憫だ。

動かぬ捻彦の足元に見覚えのある形のナイフが転がっていた。

「朔也様は捻彦氏の手によってあのナイフで首を刺されて殺された——と目されております」

それはサーカスの演目でナイフ投げに使用されていたものだった。刃にもハンドル部分にも、乾きかけた血液が付着している。

「調べたところあちらに投げナイフを収めた箱がありました。少々管理が杜撰だったのか、箱に鍵はかけられておりませんでした」

確かにここはサーカス団の大道具、小道具一式の置き場所にもなっていた。

「また捻彦氏の手のひらにもナイフと同様に血液が付着しています。双方の乾き具合から見てどちらも朔也様の血液でしょう。この状況だけを見れば、捻彦氏の絶命とともにナイフが手から抜け落ち、ご覧のように床に転がったと考えるのが妥当です」

「いやいや！　ナイフなんて！　俺が発見した時には持ってなかっ——」

「こういうことです。なんらかの動機から捻彦氏の首を吊り上げて殺害しようとした朔也様は、しかし捻彦氏があらかじめ隠し持っていたナイフで死に際の逆襲にあい、首をお刺されになった。けれど朔也様も持ち前のガッツで最後の力を振り絞り、捻彦氏をそのまま高く吊り上げてトドメをお刺しになられた。その後、ご自身も力尽きてその場で絶命しちやったわけです」

「最後だけポップに言うな」

そうしてこの場に二つの死体が並ぶことになった。それが現場に駆けつけたリリテアと船の乗員が見た光景だった。

「あくまで船員の方々の解釈はそのようになっております」

「誤解だ！　俺は犯人じゃない！　むしろ被害者だよ！　実際殺されているんだぞ！」

「無論リリテアは朔也様を信じております。ですが死人に口無し。朔也様が他界し、反論できないのをいいことに皆様口々に勝手なことをおっしゃられ、朔也様を犯人扱いしていらっしゃるのです」

「せっかく生き返ったのに犯人扱いじゃ報われないよ」

「いいえ。むしろ喜ぶべきことかと」

リリテアは端整なその顔に慎ましい微笑みを浮かべて俺の手を取る。

「朔也様はめでたくこうして生き返られましたので、死人ではございません。したがって口もございます。これからいくらでも弁明が可能ですよ」

「……ややこしいことになりそうだ」

だが正論だ。自分へかけられた疑惑は自分の手で晴らすしかない。

「まずはその渡乃屋一家に御目通り願おうか」

と、自分の体の様子を確かめながら立ち上がると、少し目眩がした。貧血だ。

「はい。ですが」

そんな俺の目の前に白いシャツが差し出された。

「その前にお着替えしましょうね」

言われて見ると、俺の服は自分の血でひどい有様だった。

□

殺されても、生き返る。

死んでも――蘇る。

自分がいつからそうだったのか、定かじゃない。

ただ気づいた時にはこうだった。

俺の体の設計図ってものがどこかにあるなら、それは多分神様が徹夜残業の一番きつい時に半分寝ながら書いたんだろう。

追月朔也という生き物は、殺されても殺されても生き返る。

もう生き返りたくなんかないと願っても、祈っても、何度でも生き返ってしまう。

これまで関わった事件でも少なくない回数を殺されてきた。殺害され、息の根を止められ、心肺を停止させられ、他界し、逝去し、御陀仏（おだぶつ）昇天御臨終してきた。

なぜこうも殺されてばかりなのか、自分でもよくわからない。リリテアからはいつもうかつだ、不用心だと注意される。そう言われても、俺だって好きで殺されているわけじゃない。

いつもなぜだか不思議と、死の方からやってくるのだ。どうしようもない引力を伴った運命として、まとわりついてくるのだ。

ただ、繰り返し俺は殺され、そのたびに生き返ってきた。

不死身——というのとは違うと思う。

不死身というのは殺しても死なない、強くて人間離れした、無類で無敵な、親父（おやじ）のような存在のことを指すのだ。

だからこそ追月断也（おうつきたつや）は不死の探偵と呼ばれている。

でも俺は違う。

間違いなく死んで、それから生き返って——しまうだけだ。

だからそれは不死身というのとは違うだろう。

死なないわけではないし、死ねば毎回例外なく死ぬほど苦しく、寂しい。

だから俺は世界中の誰よりも死を恐れる。嫌がる。

怖がりすぎだと茶化（ちゃか）してくる相手には、いつもこう言い返したくなる。

それならあんたは死んだことがあるのか？

あの痛みと辛さを、死の絶望と孤独を知っているのか？

経験者は語るってやつだ。

□

着替え終えると、俺とリリテアはすぐに現場である一階倉庫を後にした。

「そう言えば、朔也様が永眠られている間に世間では一つ動きがございました」

俺の血塗れのシャツを小さく折り畳みながら、リリテアが口を開く。

「動き？」

「例のハイジャック事件のことがメディアによって報道され、明るみに出ました」

「ああ、そっちの件か」

「船内ではもっぱらそちらの事件が人々の関心を集めているようです」

確かにそれは世紀の大事件だ。船内でひっそりと起きた殺人事件に比べれば。でも、当然ながらそれは比べるようなことじゃない。

二階へ戻るために階段を上がりかけた時、ちょうど降りてきた船員数人と鉢合わせた。

「あれ!?　お客様は……！　なんで!?　生きてる！　お客様死んだのでは!?　うわあっ！」

彼らは事件のことをすでに知っているらしく、平気な顔で歩いている俺を見るなり悲鳴を上げ、腰を抜かした。無理もない。

「あ、あんた、確かに死んでたはずでございましょう！」

プロのスタッフとしての態度と、心底の驚きが混在して摩訶不思議（まかふしぎ）な日本語が生まれていた。

「えっと、色々とあって」

これは弱った。

もちろん俺だってこんなヘンテコで信じがたい体質のことは公にしたくない。なるべく他の人間に悟られないように毎回苦心もしている。

けれどそれにも限界はある。

どういうことだ。なんで生きて立って動いているんだと唾を飛ばしながら詰め寄られることも少なくない。

そんな時、どう切り抜けるかと言うと――。

「皆様どうかご心配なく。我が祖国秘伝の蘇生（そせい）術により、この通り朔也（さくや）様はなんとか一命を取り留めました」

このように我が佳良なる探偵助手リリテアが対応してくれるのだった。

「蘇生術ってキミ……しかしなぁ」

「ご心配なく」

聞いているこっちが腰を抜かしそうな言い訳だ。

しかし無茶苦茶だけれど、実際俺は生きている。大抵人というものは自分の目で見たものだけはやたらに信じてくれるので、いつもこれでなんとかなっている。

今回も船員たちは互いに顔を見合わせ、最終的には事実を受け入れてくれた。

落ち着いたところで彼らに質問をした。そうだ、ここで彼らに聞くのが一番確実で手っ取り早い。

「ところで渡乃屋さんご一家のお部屋って何号室ですか？　ちょっと真犯人のことでお話があるんですが」

渡乃屋一家はスタッフから急遽あてがわれた部屋に集められているとのことだった。

「ここか」

事件直後の被害者の遺族と顔を合わせる――しかも向こうは俺が殺したと思っているらしい――のは正直気が重いけれど、一応覚悟を決めてドアをノックした。

「ルームサービスは頼んでないぞ。悪いが今取り込み中で……」

けれど開いたドアの向こうから顔を出したのは渡乃屋家の人間ではなく、刑事の漫呂木だった。

「ええ!? お、おまえ!?」

こちらの顔を見るなり彼は声を上げ、部屋の奥へ後退った。

「朔也! おまえ……倉庫で死んでたはずじゃ……!? 確かに死んでたよな……? 生きてるのか……生きてるんだよな? オバケじゃないよな?」

この反応からわかる通り、漫呂木は俺の特殊な体質のことを知らない。

「そのことはまた後で。漫呂木さん、中にみなさん揃ってるんですよね?」

「被害者の遺族か? そりゃいるけど……あ、おい!」

「ちょっと失礼します」

漫呂木の脇を通ってスルスルと中に入る。ソファの並ぶ一室に四人の人間がいた。

手前の二人掛けソファに五十代前半くらいの男性。小太りだが不健康な印象は受けない。一家の主人だろう。

その隣の四十代半ばくらいの細身の女性は細君で間違いなさそうだ。かなり高価そうな和服に身を包んでいる。

反対側の四人掛けの端っこで女の子座りをしている少女は夫婦の娘、少し離れた場所に立っている大柄な若い男は歳の離れた兄、だろうか。兄の方はたった今冷蔵庫から取ってきたらしいカップアイスを開けようと苦心しているところだった。

これが渡乃屋一家の家族構成らしい。

突然の闖入者(ちんにゅうしゃ)に彼らは揃って俺の方を見た。なるほど確かに被害者の家族だ。みんな一重の目元がよく似ている。

と同時にもう一つ気づいたことがあった。

この一家、見覚えがある。

サーカスの公演中に葛城(かつらぎ)と言葉を交わしていたあの家族だ。

「キ、キミは……」

一家の主人が声を震わせた直後、娘がそれをかき消すように叫んだ。

「ギャー！　ゾンビッ！」

まったくもって当然で妥当で健全な反応だ。

リリテアから聞いた話だと彼らは現場で捻彦(ねじひこ)と共に俺の死体も確認している。その死体がケロっとした顔で部屋を訪ねてきたのだから無理もない。

「お邪魔してすみません。俺は探偵の追月(おうつき)朔也と言います」

非礼を詫(わ)び、素性を明かす。

けれど誰も歓迎してくれなかった。握手も、ドリンクの勧めも何もなかった。

「探偵だと？　犯人の間違いだろう？」

「たまたま事件に巻き込まれてしまった、探偵です」

面倒だったけれど、俺とリリテアはさっき船員たちにしたのとまったく同じ言い訳をその場の全員に聞かせ、気持ちをなだめた。

「一命を取り留めたって……あなた、あの怪我（けが）で……」

細君はそれでもまだ半信半疑だ。

「運が良かったんです」

「運と言ったって……頸動脈（けいどうみゃく）から尋常じゃない量の血が出ていたように見えたんだが……」

　これはご主人の反応。

「ええ、なのでまだちょっと貧血気味です」

　くだらない冗談を挟んでからチラッと隣に立つ漫呂木（そぞろぎ）を見た。こちらの意を汲（く）んでくれたようで、彼は簡単に一家の紹介をしてくれた。

「こちらから順番にご主人の渡乃屋菓子彦（わたのやかしひこ）さん。奥様の輪子（わこ）さん。長女の味子（みこ）さん、それから——」

「長男の甘彦（あまひこ）ですー。いやー、キミすごい生命力だねー」

　紹介を待つことなく、長男が名乗り出る。ようやくカップアイスを開けることに成功したらしい。

「皆さん、一家揃（そろ）って船の旅ですか。太っ腹ですねー」

　家族五人分の旅費ともなると、庶民にはちょっと手が出ない値段になる。上流階級というやつだろうか。

「何が太っ腹だ。あの渡乃屋製菓さんだぞ！　こちらは社長の菓子彦さんだ」

俺の非礼を咎めるように漫呂木が割って入る。

「ん？　それって……ああ！　渡乃屋製菓！」

そうだ、さっき貰ったサーカスのパンフレット。あそこに書かれていた協賛企業の一つがそんな名前だった。渡乃屋製菓と言えば有名なお菓子メーカーだ。

「ワハハと笑顔のわーたーのーや～♪　ですね！　テレビコマーシャルの曲！」

小学生の頃よくテレビから流れてたっけ。

「そうだ！　長年個性的な味を追求してきた老舗メーカーだぞ！」

「なんで漫呂木さんがそんな熱弁するんですか？」

渡乃屋製菓。確か海外に広大なサトウキビ畑を所持し、世界中に広く商品を輸出しているとか、昔テレビの特集で見たことがある。

そう言えばあのＣＭ、いつからかテレビで聞かなくなった。

「そんな昔のＣＭのことなんてどうだっていいじゃない！」

再び叫んだのは味子だった。

「あんた一体何しにきたのよ！」

お気に入りらしいクジラのぬいぐるみを抱えた体勢で俺を睨んでいる。歳はおそらく十一、二歳。母親によく似て美人で気が強そうだ。

「捻彦兄さんを殺しておいてよくノコノコやって来れたわね！」

状況と心情を考えれば彼女の怒りももっともだ。素直に頭を下げ、説明する。

「嫌な気持ちにさせてごめん。俺はその誤解を解きにきたんだよ」

「誤解……？」

菓子彦さんが心底わからないというふうに顔を歪めた。

「簡単な話です。皆さんは俺が捻彦さんを殺した犯人だと思っているようですが、犯人は別にいます。まずもって俺は捻彦さんと一切の面識がありません。動機というものが皆無なんです」

「そんなもの、船に乗った後で知り合ったかもしれないだろう。動機にしたって諍いがエスカレートしてカッとなって殺してしまったということも考えられる」

「確かにそれはご主人のおっしゃる通りです。可能性としてはあり得ます。だけどそれでも俺は断言できるんです。この事件には真犯人が別にいる」

「なぜ……」

「なぜなら俺は自分が間違いなく捻彦さん以外の第三者によって襲われたところを見て、覚えているからです」

「覚えているって……」

菓子彦さんは困惑しきっている。カードゲームでズルをされた子供のような表情だ。

確かにこれはズルだ。殺された当の被害者が生き返り、自分が殺された時の様子を語っているのだから。

現実にそんなことが可能なら世の推理小説は成立しない。知恵を絞って推理する必要がなくなるからだ。

けれど俺がやっていることはそういうことなのだ。探偵の風上にも置けない。こんなのはズル、反則だ。

だから俺は探偵として半人前なのだ。

「でも現場の状況から言って、キミが犯人としか思えないって感じだったけど？」

甘彦（あまひこ）が手元のアイスをスプーンで掬（すく）い上（あ）げながら言う。

「いや、ここでは鑑識もいないし、まだろくに現場を捜査できていない。現状ではなんとも言えんよ」

漫呂木（そぞろぎ）が嬉（うれ）しい援護をしてくれる。本人にそんなつもりはなく、ただ刑事としての立場から事実を述べただけだろうけれど。

それでも感謝する意味で漫呂木に視線を投げると、彼は嫌そうに毒づいた。

「ふん、やっぱりな。この船でおまえの顔を見た時からなんか嫌な予感がしてたんだ。ほら起きた。やっぱり起きた、事件！　しかも殺人だ！　まったく嫌になる！」

「一命を取り留めた俺に八つ当たりしないでくださいよ。……まあそれはともかく、今漫呂木刑事が言った通りです。俺が捻彦さんと相討ちになって死んだなんて見方は、現場の第一印象に過ぎません。落ち着いて観察すれば不自然な点があります」

「どう不自然なんだ？」

「問題は俺が殺されて……いえ倒れていた場所です。あの時、俺は吊られた捻彦さんの遺体から数メートル離れた場所に倒れていました」

「それが？」

「もし捻彦さんが首を吊られながらも、最後の抵抗として俺のことをナイフで刺したのなら、すぐ近くに俺が立っていなければナイフは届きません。ですが、俺は随分離れた場所に倒れていた」

「刺された後、苦しみながら後退りして離れていって、その先で倒れたのよ」

「違うよ味子ちゃん。喉元を深く刺されれば誰だって大量の出血は避けられない。実際俺もずいぶん血を流した。そんな状態で移動すれば地面には血痕が点々と残るはずだ。だけどそんな血痕はあの場に残っていない」

俺の流した血は俺が倒れていた地点にしか落ちていなかった。

「誰かが俺をナイフで刺した後、捻彦さんの手に一度その凶器を握らせたんです。ナイフについた血を彼の手に、そしてナイフの方に彼の指紋をつけるためにね」

「あんたに罪を被せるために現場をぎそーしたっていうの……？」

味子、歳のわりにと言うか、難しい言葉を知っている。

「ダメ押しというわけではございませんが」

と、発言を申し出たのはリリテアだった。

「もう一点、私からお話ししてもよろしいでしょうか？」

「頼むよリリテア」

「では」

今まで気配を消していた分、全員の視線が一気にリリテアに集まった。

「実を申しますと朔也様への嫌疑を晴らす一助となればと思い、朔也様がお目覚めになられるまでの間に、私はあの電動のホイストのリモコンを調べておりました」

「こら！　勝手なことをされちゃ……困る」

漫呂木はリリテアに怒鳴ろうとしたが、あまりに毅然とした少女を前にして気後れしたのか、モゴモゴと口籠ってしまった。

「私、偶然持ち合わせておりました自前の指紋検出キットにて、リモコンに指紋が残されてはいないか調べてみたのです」

「リリテア、そんなことをしてくれていたのか」

彼女の忠義心に胸が熱くなる。

「いや、自前の指紋検出キットって……」

誰かが至極当然のツッコミを口にした。けれど実際リリテアはいつもそういう小道具を持ち歩いている。

「なるほど、その結果ボタンに俺の指紋なんてついていなかったことが証明されたわけだね」

「その結果、そこには朔也様の指紋だけが残されておりました」

「ダメじゃん！」

「やっぱりおまえが犯人なのか」という目で漫呂木がこっちを見てくる。

「ダメではございません。朔也様の指紋だけが残っていたことが重要なのです。いくつかの指紋がついていたわけではなく、朔也様の指紋だけが残っていたことが。なぜならサーカス団員の方々が日常的にこの機械を使用し、ボタンに触れていたならもっと折り重なるように他の方の指紋もついているはずなのです。にもかかわらず、ついていたのは朔也様の指紋だけ。つまり、直前にボタンに触れた犯人が自分の指紋を拭き取り、そのあとに朔也様の手を取って偽装のために指を押し付けたのです」

実に明快な推理だった。

「もちろん、サーカス団員の方が日頃からこまめにリモコンの拭き掃除をしていたという可能性はありますが、これは後で聞き込みをすれば分かることです。お耳汚しをいたしました」

リリテアはそう結んでから一同に向けてカーテシーのポーズをとり、俺の後ろへ下がった。

誰も反論めいたことは口にしなかった。

「うーん、ま、言いたいことがないわけじゃないけど、僕はキミの主張を受け入れるよ」

と、一票を投じてくれたのは長男の甘彦(あまひこ)だった。

「だが……私の息子が誰かに殺されたことに変わりはない……まったくアイツは……いつもいつも……」

菓子彦(かしひこ)さんは一家の長として精一杯平静を保とうとしている様子だが、それでも握った拳がわずかに震えている。

彼の心情は察するに余りある。けれど最後に漏れた言葉は聞き逃せないものだった。

「一族の恥だ……」

精一杯声を押し殺したつもりだったんだろうけれど、俺には聞こえた。そしてそれは漫呂木も同じだったらしく、一歩前に踏み出して菓子彦さんに詰め寄った。

「一族の恥、とはどう言うことですか？」

「そ、それは……」

「失礼ですが、もしや息子さんは生前あまり素行がよろしくなかったのでは？」

丁寧ながらも歯(は)に衣着(きぬき)せぬ物言いをしたのはリリテアだった。

「故人を貶(おとし)める意図はございません。ただ、捻彦(ねじひこ)氏のご遺体を拝見した時、右手の拳部分に古いアザを確認しました」

それは俺もまだ聞いていなかった情報だ。

「拳にアザ？　それってもしかして人や物を殴った時にできるアレかな？　ボクサーで言うところの拳ダコみたいな？」

拳の特徴か。それは見落としていた。

「左様でございます」

「なるほど。あのう、捻彦さん、普段から趣味でボクシングをしていた……なんてことは？」

一家に確認してみたが、そんな事実はなかった。

となると拳にそんなアザがつく理由は他に一つしか思いつかない。

ケンカだ。

「恥ずかしい話ですが愚息は……捻彦は……昔から荒れておったのです。外で頻繁に問題を起こし、そのたびに妻や私が頭を下げて……」

「いつも酔ってケンカばっかり。……サイテーよ」

味子はぼうっと天井を見つめている。生前の兄の素行を思い返しているのだろうか。

「身内の恥を晒すようで気が引けますが、捻彦は元々素行が悪く、あちこちでトラブルを起こしておったんです……。今回の船旅の間も何かしでかすのではないかと危惧しておったのですが……まさかこんなことに……」

有名なお菓子メーカーの家の息子の素行不良。これは社長という立場の菓子彦さんにとってはあまり公にしたくない事柄だろう。

「我々家族の知らないところで誰かと揉めるなりして恨みを買い、それで襲われた……そう考えれば今回のことも腑に落ちます。親としては情けなく、悲しいことですが……」

捻彦には殺されるだけの理由があった。彼はそう言いたいのだ。

「あー……真犯人が他にいるらしいことはわかった。それでだ、そもそもおまえは見てないのか？　犯人の顔を。襲われたんだろう？」

一家ほど漫呂木はまだ完全には腑に落ちていない様子だったが、それでも一応は納得した体で話を先へ進めた。

リリテアの説明のおかげで俺への疑惑の大方は晴れたと言ってよかった。けれどそれも一時的なものだ。このまま真犯人が見つからなければ、暫定で俺が犯人ということにされかねない。

ここは精一杯潔白を証明したいところだけれど、如何せん俺は決定的な情報を持っていない。

「それが、俺もしっかり犯人の顔を目撃できたわけじゃないんです。何しろ背後からいきなりコレだったもので」

と、自分の首にナイフを突き刺す仕草をしてみせる。輪子さんが嫌そうに目を細めた。

「おそらく真犯人は当初、捻彦さんを自殺に見せかけるつもりだったんでしょう。吊るした死体を隠さず、誰かに見つけてくれと言わんばかりにあの場所に放置していたことが何よりの証拠です。ところが自殺に見せかける偽装が整わないうちにそこへ俺がやってきてしまった。きっと真犯人は物陰に潜んで様子を窺っていたんじゃないでしょうか」

俺は、自殺にしては捻彦の遺体が不自然に高く吊り上げられたままになっていたことを挙げた。

「きっと俺がその点に疑念を持った時、真犯人もまた自分の不手際に気づいたんでしょう。そして俺が捻彦さんの落としていたスマホに着目したことにも」

「捻彦のスマホ？　そこに何か証拠でも残っていたのか？」

「ええ。漫呂木さん。そのスマホって――」

「当然証拠品として押収してるよ」

漫呂木は面白くなさそうにコートのポケットから捻彦のスマホを取り出した。きちんとチャック付きのビニール袋に入れられている。

「その画面の表面に汚れはありますか？　使用者が指でタッチ操作したような跡とか」

「指図するな。……画面に跡？」

漫呂木は部屋の照明が当たる角度を調整しながら、スマホの画面を確認した。

「ないな。ひび割れちゃいるが、きれいなもんだ」

やっぱりそうか。

「つまりきれいに拭き取られている、と。それはおかしいですね。俺が殺され……オホン、襲われる直前に確認した時、そこには確かに指の跡が残っていました」

でもいまは残っていない。

「そっちの刑事さんが極端なきれい好きで、思わず拭き取っちゃったとか？」

味子(みこ)が無邪気な質問をする。

「そんなことしないよ。大事な証拠品だぞ」

「つまり、真犯人が拭き取ったんです。俺を襲った後にね」

「それだけ犯人にとって都合の悪いものだったってことか。で、画面にはどんな跡が残ってたんだ？」

「Mです。アルファベットの」

漫呂木を含めて何人かが無意識に空中に指で文字を書いた。

「もしかしてそれ、スマホのロック解除の跡？」

そう言ったのは甘彦(あまひこ)だった。

「ほら、九つの点を指でサーっと一筆書きして解除するタイプの」

「その形がM形になってたの？」

味子が興味を示す。

「あれ、楽だけどセキュリティ的に僕はちょっとお勧めできないね。捻彦(ねじひこ)はそういうの無頓着だったけど」

甘彦(あまひこ)の口振りには若干見下したような印象があった。スマホやパソコンなど、その手の最新機器に詳しいのかもしれない。

「つまり捻彦のスマホの中には何か決定的な証拠があって、犯人はそれを見られたくなくて朔也(さくや)を襲い、画面を拭き取ったのか」

「それじゃ漫呂木(そぞろぎ)さん、そのスマホのロックを解除してみてください」

「そうだな！　M……M……と」

漫呂木は早速ビニール袋越しにスマホに触れ、ぶつぶつ言いながらロック解除を試みた。

「……あれ？」

しかしそれは失敗に終わった。

「解除できないぞ？　おい、本当に見たのはMだったんだろうな？」

「Mでしたよ。でも、やっぱりそうか」

「やっぱりってなんだ」

「Mというのはロックの解除の形跡じゃなかったってことです」

「ダイイングメッセージでございましょう」

リリテアが核心に触れる言葉(ワード)を発した。

微妙に美味しいところを持っていかれた気がしないでもないけれど、そんな心の狭いことを言っている時じゃない。

「ダイイングメッセージ！　殺された被害者が死の間際に残した犯人への手掛かりのことね！」

ポンポンとソファの上で小さく跳ねながら味子が続ける。偽装という言葉も使っていたし、実は隠れミステリファンなのかもしれない。

「よくあるのはやっぱり犯人のイニシャルよね？　となるとMから始まる名前の人が怪し……あ……」

夢中で喋っていた味子だったけれど、その途中で嫌なことに気づいてしまったらしく、見る見るうちに顔を青くしてうつむいてしまった。

「あ……あたしじゃない……関係ない！　本当に知らないもん！」

Mは味子のM。

自分が条件に当てはまってしまっていることに気づいたのだ。

「そんな！　娘が犯人だと言うの!?」

「確かに……電気ホイストを使えば非力な子供でも犯行は可能……か」

漫呂木が独り言のようにつぶやく。

「何かの間違いです！　うちの味子にそんな残忍なことができるはずないわ！　だいたい

名前のイニシャルがMの人間なんて他にいくらでもいるはずよ！　この船に一体何人の人間が乗っていると思うの!?」

　母親らしく、輪子さんがすごい剣幕で娘を庇う。

「おっしゃる通り、この船には大勢が乗っています。なので、まずは乗客と乗員の名簿をさらってMに該当する人物を洗い出します。それだけでかなり数が絞られるでしょう。その中に捻彦さんと顔見知りで、なんらかの因縁がある人物が何人いるか。多分片手で数えられる程度の人数だと思います」

「意地悪な言い方」

　隣で俺にだけ聞こえるようにつぶやかれてドキリとした。そっと見ると、リリテアが妙に妖艶な微笑みを浮かべてこっちを見ていた。クスクスと笑われている。いや、なんで嬉しそうなの。

　まあ、確かに意地悪ではあったかもしれない。片手で数えられる程度の人数まで絞られたとして、その中には依然として味子が含まれてしまっているのだから。

　それが理解できているからだろう、輪子さんはさらに食い下がる。

「そ、そもそも名前を示しているかどうかもわからないじゃない！」

「それもごもっともです。解釈の可能性は無限です。でもこれは捻彦さんが死の間際の、限られた時間の中で書き残したメッセージです。わざわざ他のわかりにくい意味を込めたりはしないでしょう。推理小説じゃないんですから」

事件を難しくして読者を楽しませるために、ダイイングメッセージを複雑化する。そんな本末転倒が許されるのはフィクションの中だけだ。

「でも誤解しないでください。味子ちゃんが犯人だとは俺も思っていません。こんな年端もいかない女の子が、大の男を続けて二人も殺害できるとはちょっと思えませんから。で、ここで一つ確認しておきたいことが……あ、失礼」

長台詞を喋っていると、途中で着信があった。

ゆりうからだった。

『師匠〜、生きてますか？　なんちゃって』

開幕から能天気な挨拶だ。

「お疲れさま。一度死んだけど、今は生きてるよ」

『あひゃひゃ！　またまた〜！　あ、それで、ルルーちゃんなんですけどね』

「ああ、それならこっちはまだ見つけてないよ。というか、猫どころじゃないものを発見しちゃって……」

『あたしは見かけましたよ！　さっき九階フロアで！』

電話の向こうからゆりうが嬉しそうに報告してくる。

「え？　見つけたって？　リュックを背負った猫を？」

『そうです！　でも捕まえられませんでしたー！　素早い！　だけどルルーちゃんはエレベーターに飛び乗って上に行きましたよ』

「上に行った？　九階よりも上っていうと、後はデッキしかないな」

『はい！　あたしはしっかりと見てました。任せてください。これから追いかけて捕まえてみせますから！』

「あ、待ってくれ。そっちも大切だけど、今こっちも大変なことに……切れてる」

慌ただしい。

殺人事件のことを伝えそびれてしまった。

「すみませんでした。えっとなんでしたっけ？」

皆の方に向き直り、話題を思い出す。

「そうそう、ここで一度皆さんの事件発覚時の行動を聞かせてもらいたいんですが、構いませんか？」

「えー、僕たちも疑われちゃうの？」

「すみません甘彦（あまひこ）さん。情報は多い方がいいので」

誰だって自分のアリバイの有無を確認されるのは嫌だろう。けれどやましいことがなければ隠す必要もない。

そう説明すると不承不承、皆それぞれが答えてくれた。

甘彦は船内のバーで一人飲みを楽しんでいたという。これはのちに漫呂木がバーテンダーに確認を取ったところ、証言が取れた。

味子はサーカスのあと部屋に戻るとすぐに風呂に入り、ずっとネットで探偵物のドラマを見ていたらしい。これについては同じく部屋に戻っていた菓子彦さんと輪子さん夫妻が証言した。それで同時に夫婦間のアリバイも成立した。

身内のアリバイ証言は無効——は現状では一旦目を瞑り、まず可能性を潰していくことを優先した。

「ありがとうございます。ちなみに漫呂木さん、被害者の死亡推定時刻についてはどうですか？」

「現状じゃはっきりしたことは言えんが、あの様子じゃ殺された直後だろうな」

つまり事件発覚と死亡推定時刻にはそれほど時間的な開きはないわけか。

「アリバイの点から考えるとご家族の中に犯行が可能だった人はいないってことになりますね」

「当然よ」と輪子さんが不機嫌そうに言う。

「となるとだ、この船に今もまだ殺人犯が潜んでるって話にもなるわけか。なら警戒が必要だな。また誰かが狙われないとも限らん。そしてその誰かは——」

「私たち家族のうちの誰かだと言うの？」

「被害者の近親者ですから、可能性から考えるとそうなりますな」

あくまで可能性の話ですと漫呂木が付け加える。

「まさか刑事さん、犯人が捕まるまでの間、私たち家族をずっとこの狭い部屋に閉じ込めておくつもりじゃありませんよね？」

「いや、それはですね……」

「冗談じゃありません。シンガポールまで後何日あると思っているの？ 可能性だけで閉じ込められたんじゃたまりませんよ。この船に乗るのにいくら払ったと思っているんです？」

言い方はきついけれど、輪子夫人の主張ももっともだ。

「妻の言う通り、そういたずらに怯える必要はないかもしれませんよ」

菓子彦さんが妻を援護するように口を開く。

「と言うと？」

「先ほども言ったように捻彦は人から恨まれやすい性格をしていました。おそらく今回もそのことが発端でしょう。となると……こう言ってはなんですが、捻彦の死はある意味自業自得とも言える」

「あくまで殺人の件は捻彦さんと加害者との間でのこと。彼が殺された今、犯人はこれ以上新たな殺人を犯すことはないと言いたいわけですね」

しかしそれも可能性の問題に過ぎない。同じ船の中で親族が殺されて、そう簡単に安心できるものでもないだろう。その不安は特にまだ幼い味子に顕著だった。

不安そうな味子と目が合う。

「探偵さん……」

ようやく『あんた』から格上げしてもらえたことが地味に嬉しい。

と、密かに喜んでいると、味子がガバっと俺に飛びついてきた。

「お願い！　犯人を捕まえて！」

その瞳の真っ直ぐさに思わずたじろぐ。

「まさか俺に依頼を？　君が？」

想定外の展開だ。これは大いに参る。参るぞ。

正直なところ、自分の濡れ衣を晴らすことができた段階でほとんど満足してたんだけど。

いや、思えば当初はもう少し義憤に燃えていたような気もするな。

でも犯人探しか。洋上の豪華客船殺人事件の解決……。

うーん。荷が重い！

まだ猫探し、ひいては葛城浮気調査も途中なのになあ。

「ね？　パパ、いいでしょう？　あたしのお小遣いを全部あげてもいいから！」

「う……ううむ。しかしそういうことはあちらの刑事さんに任せた方が……。どうなんでしょう？」

菓子彦さんは困った表情でこちらを見てくる。

どうと言われてもちょっと困る。

悩んでいたら、俺の隣の助手が勝手に引き受けてしまった。

「お引き受けしましょう」

「ちょっとリリテア！」

「朔也様、ここはお引き受けしましょう。殺人事件の依頼など現実にはそうそうあるものではございません。これは探偵・追月朔也の名を売る好機ですよ。だから、ね？」

リリテアは俺の耳元に口を寄せてささやいてくる。彼女の長い睫毛が耳に当たりそうな距離だ。

「名を売るって言ったって……」

「朔也様、もう少しやる気を出してください。このまま親の七光だのダメ二世だのと言われ続ける人生でいいんですか？　嫌ですよね？」

「俺、そんなこと言われてたの？」

ショックだ。

けれど、考えてみればここまで巻き込まれておいて、自分自身殺されてまでいて、推理を放り出して退散するというのは確かに面白くない。

これは立派な殺人事件だ。誰かが犯人を探して捕まえる必要がある。寄港地であるシンガポールまで予定では八日間の旅。まだまだ旅は長い。その間殺人犯と一つ船の上で寝食や苦楽を共にするのはゾッとしない話だ。いや、苦楽は共にしないか。

　これ以上自分には関係ない。手に余る依頼は引き受けない。

　それもいいだろう。探偵業を営む者として一つの毅然たる態度だ。

　でも、次に殺されるのは目の前にいる小さな味子かもしれない。リリテアかもしれない。あるいはゆりうかもしれない。

　だったら、やれることはやるべきか——。

　死のつきまとう危険な仕事に首を突っ込むのは信条に反するけれど。

「……既に一度殺されておいて信条も何もない……か」

　俺は小さくつぶやいてからため息混じりに言った。

「わかりました。そのご依頼、お引き受けしましょう」

「探偵さん、ありがとう！」

「味子ちゃんの期待に応えられるかどうかはわからないけどね」

「まあ、あまり無理はしなくてもいいからね」

「ええ、無茶はしませんよ菓子彦さん。ところで」

「何かな？」

「葛城さんとはお知り合いなんですか？」

「え？　葛城……さんですか？」

ちょっと唐突すぎただろうか。彼はなぜ今その名前が出るのかと面食らっていた。

「映画プロデューサーの葛城誠人さんです」

「ああ、映画会社の？　え、ええ……家族ぐるみでお付き合いさせてもらってますが……。以前彼の映画に出資したことが縁で」

「そちらの業界ともご親交がおありなんですね」

「ええ。家内は昔女優業をやっていたこともあって今も映像畑に関心が……」

「あなた、昔のことですよ」と輪子が照れ臭そうに言う。

「しかし、それが何か？」

夫婦はなぜ今葛城の名前が出るのかと訝しんでいる。

「そうでしたか。さっきサーカスの公演の最中、挨拶を交わされている様子をお見かけしたもので」

「キミも彼と知り合いなのかな？」

「ええ。直接ではないですが。ありがとうございました。では」

容赦なく会話を切り上げ、俺はその部屋から退散した。

葛城と渡乃屋には面識あり——と。何かうまく転がれば殺人犯探しを通じて浮気調査の方も進展するかもしれないな。

四章　ウォームアップはすませておきました

菓子彦さんの願いもあって、引き続き他の乗客には事件を内緒にしておくことになった。その方がいいだろうと漫呂木も助言し、船員、スタッフはそれに従った。

部屋を出た後、俺とリリテアは廊下を歩きながら犯人について議論を交わした。

「犯人はまだこの船に潜んでる。さっき菓子彦さんは、犯人はこれ以上犯行を重ねたりしないだろうって言ってたけど、違うね。もし俺が生きてることを知ったらきっとこう思うはずだ。しまった！」

「仕留め損ねた」

「そういうこと」

と、そこに背後から声をかけてきたのは、遅れて追いかけてきた漫呂木だった。

「おい、その考えでいくと犯人はもう一度おまえを狙ってくるんじゃないのか？　今度こそ確実に殺して口を塞ぐために」

実際は、殺された時に犯人の顔を目撃していたとか、真相に繋がる決定的な証拠を俺が握っているわけではないので、焦って消そうとする必要性はないのだけれど、犯人がそのことを知らなければ関係ない。

「念のため、殺し損ねた俺に再度アタックを仕掛けてくることは充分あり得ます」

「それならおまえは無闇に出歩いてないで、安全な場所にいた方がいいんじゃないのか？」

「まさか。この船旅の間中、部屋に閉じこもっていなきゃならないなんて俺だってごめんですよ。大体犯人が誰かわからない以上、どの道絶対の安全なんてない。食事を運んできたボーイが犯人だったら？」

「むう……」

「ここはクルーズ船の中。そして船は海の真ん中。言わばクルーズド・サークルです」

「朔也様、それを言うならクローズド・サークルです。クローズド」

自信満々だったのに、あえなくリリテアに訂正されてしまった。

「クローズド・サークル？　ミステリ小説なんかでよく耳にするあれか？」

「そうです。外界と遮断され逃げ場のない状況を指した言葉です。つまり、この船の中に安全な場所なんてもうないんですよ」

「それはそうかも知れんが……」

「だったらこっちから出向いて捕まえてやるだけです。むしろ俺自身が犯人をおびき寄せるいい囮にさえなるかも。大丈夫です。次は油断しません」

「ああ……もうわかったよ！　だが何か危険を感じたらすぐに俺を呼べ。いいな？　ガキだけで突っ走ったりするんじゃないぞ」

悪態まじりにそう言って、漫呂木は俺たちと別れて向こうへ行ってしまった。もう一度事件現場を見にいったのかもしれない。

「みんな俺の軽い命を心配してくれて、ありがたいよ。ところで」

俺は漫呂木を見送ってから、思い出したようにリリテアに切り出した。

「さっき部屋での会話の途中で一つ思い当たったんだけど。ほら、M」

「奇遇ですね。私もです」

気づいていたか。やっぱりリリテアは鋭い。それなら話は早い。

「葛城誠人。彼もMだな」

葛城は渡乃屋と面識がある。

「場合によっては彼も犯人候補に入る……かもね」

「それもそう、ですね」

「うん？」

リリテアの反応が若干気にかかったけれど、点と点がつながったようで個人的には満足だ。

「いえ。では私はクィーン・アイリィ号の乗客名簿の確認と――」

「船内の監視カメラの映像チェック、だな」

「はい」

それも大事なことだ。残念ながら一階のあの倉庫にカメラはなかったように思うけれど、もしかしたらどこかに怪しい人物が映っているかもしれない。

リリテアと別れた後、俺はデッキで乗客を楽しませてくれたサーカス団の団員に話を聞くことにした。

読み通り、公演を終えた団員たちはバーでくつろいでいた。手前の席にいるのは素晴らしい曲芸を見せていたバイク乗りの連中だ。

事件の詳細は別にしても、自分たちの備品の電気ホイストが犯行に使われたらしいということはすでに漫呂木（そぞろぎ）から聞かされていたらしく、彼らは一様に複雑そうな表情を浮かべていた。

バーの奥では別のグループが飲んでいる。そちらから「バカヤロウが」と低い声がした。耳を欹（そばだ）てると、俺の殺害に使用された投げナイフの箱の鍵をかけ忘れていた新人団員が叱られているところだった。

「あの、お取り込み中のところすみません」

「あん？」

声をかけると、なんでこんな店にガキがいるんだという顔をされた。

「探偵です」と名乗り、まだ他に広まっていないはずの事件のことをほのめかすと彼らの態度はいくらか和らいだ。

ナイフの件を問いただしてみたところ、確かに公演後収めていた箱からナイフが一本抜き取られていたという。そのことを彼らが知らされたのは、俺がまだ死んでいる最中のことだった。

大切な商売道具を犯罪に使われるのはプロとしては辛いところだろう。

「こんなことが後でオーナーに知れたらと思うと……最悪だ」

新人団員が頭を抱えている。

「オーナー？　このサーカスの責任者の人ですか？　そんなに怖い人なんですか」

「怖いって言うか、商売第一の人で、とにかく人情ってものがないんですよ。不利益になるようなことを何より嫌うし……。その癖自分だけ一等客室で豪遊してばかりだし……」

「おい、その辺にしとけ」

部外者に聞かせる話ではないと、先輩団員が彼を窘める。

どうも犯人はあの倉庫にあったものを即席の凶器にして犯行に及んだ印象がある。

サーカス団と守銭奴のオーナー、か。頭の隅に留めとこう。

バーの前の廊下をさらに進むと、豪華な扉に当たった。開けると潮風が吹き込んできた。

その先は船の舳先だった。

時刻は夜の十一時前。そろそろ遅い時間なので外には人が少なく、閑散としていた。

振り返ると船の上方にサーカスの公演が行われたデッキ部が見えた。例のクラウンのバルーンがわずかな照明に照らし出されている。

バルーンと言っても空に浮かべているわけじゃなく、地面に直接立たせるタイプだ。風に飛ばされたりしないよう、確かワイヤーと金具でしっかり留めてあったはずだ。

「サーカスか……」

ふと思う。あの時、犯人もあの場所でサーカスの公演を見ていたんじゃないだろうか。だからこそ演目の中にナイフ投げがあることを知った。

一階倉庫でのとっさの犯行の際、事前の情報がない状態で確信を持って凶器を探すというのは少し不自然に思えるけれど、ナイフ投げのことを知っていればナイフを探そうという発想になることも——ありそうに思えた。

と、そんな発想を与えてはくれたけれど、ここにはその他に特に見るべきものはなさそうだった。

船内に戻ろうとしかけた時、スマホに着信があった。

「ゆりうちゃんか……おっとっと」

ポケットから取り出して応答ボタンを押そうとして、スマホが上下逆だと気づいて持ち直した。暗がりではよくある間違いだ。取っ掛かりのない長方形のスマホは、ポケットから出す時に上下や裏表を間違えやすい。

そう、上下を……。

間違え……。

「お待たせ。ゆりうちゃん、なにかあった？」

『いたー！』

耳がキーンとなって、俺の思考は霧散してしまった。

ゆりうちゃんは最高潮のテンションで叫んでいる。

「……いた？」

『いました！　ルルー！　目が合ってます。今、決死のにらめっこの最中です。……よーしよし』

「目の前にいるのか」

『います。こっちこっち……。下手に刺激しないように……ほら鰹節ですよー。厨房のコックさんに分けてもらった高級品ですよー……』

彼女の声だけで向こうの状況が手にとるように想像できた。

『今！　おりゃあ！　やった！　やりました！　捕獲です！』

「捕まえたのか!?　でかしたぞゆりうちゃん！」

『ルルーちゃん捕獲成功！』

通話口から喜びまくるゆりうの声と『ナーウ』という野太い猫の鳴き声が聞こえてくる。

我が弟子は地道な捜索によってとうとう猫探しを達成したらしかった。

「なんだ。結局俺の力なんて借りずにやり遂げたじゃないか」

師匠としてはちょっと情けない気分だったけれど、ゆりうのこの粘り強さは案外本当に探偵に向いているのかもしれない。

「それでゆりうちゃん、今どこにいるんだ？」

『えっと、ピエロの前です。あれ？　クラウンだっけ？』

「というと……デッキ？」

『です』

俺は数歩下がってもう一度上を見た。

「本当だ。いたいた」

デッキの端、柵のすぐそばに桃色のドレス姿の少女が立っているのがここからでも確認できた。

『え!?　師匠、どこかから見てるんですか？　神の目!?』

「違うよ。下だよ下」

手を振ってみせるが、向こうは俺を見つけられないらしく、柵のそばで右往左往するばかりだ。

「すぐにそっちに向かうよ」

通話しながら早足で船内へ戻った。確かデッキに直通のエレベーターがあったはずだ。

『あー、ルルーちゃん、やっぱりなにか背負ってますよ。胴体に巻かれた黒いベルトで固定されてます』

「え？　ああ、リュックがどうとか、そんなこと言ってたな」

『リュックじゃないみたいです。これ、見たことあります。えっと……そう、テレビで芸人さんがヘルメットにつけてるカメラ！　バンジージャンプの時に』

「……小型のカメラ？　それってもしかしてＧｏカメラかな？」

高性能小型カメラで、近年は『Ｇｏカメラ』という商品名で知られている。

「猫の背中にカメラが？　なんで？」

俺はエレベーターを見つけ、上昇のボタンを押した。幸い同じフロアに止まっていたので扉はすぐに開いた。

『あ、なにか録画されてるみたいです。ルルーちゃんが歩き回りながら撮ってたんですかね？　どれどれ』

「どれどれって……見るつもりか？」

好奇心旺盛な子だ。

また通話越しにルルーが『ナーウ』と鳴いた。

その二度目の鳴き声を聞いた時、ふと俺の脳裏にある音が蘇った。

それは捻彦の死体の足元で、ホイストを観察していた時に微かに聞こえた――。

「あの音だ……あの時の……」

微かに聞こえた音。

あの時は他に考えることがあり過ぎて後回しにしていた。後回しにして、それっきりすっかり忘れていたけれど――。

ナーウ。

「あれはルルーの鳴き声だったんだ！　ルルーはあの瞬間、あの場にいたんだ！」

『あの……師匠、今映像を再生してみたんですけど、これ……あたし見ちゃってもよかったんですかね……？』

「ゆりうちゃん！　そこには何が映ってる？」

先ほどまで弾んでいたゆりうの声が、いつの間にかすっかり沈んでいる。何かにひどく怯えている様子だ。

『色々映ってました……。廊下を歩く人とか、ボーイさんとか……それで、今はどこかの倉庫みたいな場所の映像が始まったところなんですけど……』

「一階の倉庫だ！」

エレベーターはまだ最上階に着かない。

『男の人と……もう一人誰かが映ってます』

男というのは捻彦のことだろう。

『もう一人は後ろ姿でまだよくわからないけど……口論してるみたい……』

やっぱりそうだ。あの時、ルルーは物陰から視ていた。

『あ！　男の人が！　後ろから首に何かを引っかけられて……。わっ！　わっ！　グングン上に吊るされて……ひどい……！』

「落ち着け！　それより、もう映像は見なくていいから、キミは早くその場から逃げるんだ！」

もう見るまでもない。そのまま映像が進めば、次は俺がノコノコと倉庫に現れ、今度は俺が背後から刺される場面になる。それはもう確定した過去だ。

ルルーはあの時、あの場でその様子も視ていた。だからあの時、俺の耳にその鳴き声が届いたんだ。

同じ場所にいた犯人が俺を殺害した後でルルーの姿を目撃して、その背中に小型カメラが取り付けられていることに気づいたとしたら？

自分の犯行の一部始終が撮影されてしまったことを悟ったとしたら？

ルルーが今の今までカメラを背負ったまま逃げ回っていたということは、犯人もその場ではルルーを捕まえられなかったということだ。

となると、犯人にしてみれば気が気じゃないだろう。

自分の罪の動かぬ証拠を抱えた猫が悠々と船内を散歩しているのだ。当然、一刻も早くルルーを見つけだして証拠映像を消さねばと考えるだろう。

そして現状最も犯人像に近い人物は、ルルーの居場所についての重要な情報を——既に掴んでいる。

ついさっき、渡乃屋一家の集まる部屋で犯人は俺とゆりうの通話を聞いて、知ったはずだ。

ルルーはデッキに上がった、と。

必然、犯人はそこへ向かい、ルルーを回収しようとするだろう。

ゆりうがルルーを発見して証拠映像を見てしまう前に。

『あれ……この人って……。この人が犯人なの……？』

けれど、もうゆりうはそれを見てしまった。

「いいかゆりうちゃん、よく聞け。キミの身に危険が迫ってる。すぐにその場を離れるんだ！」

本当なら漫呂木に電話して、渡乃屋一家がそれぞれ今どこにいるのかを確かめたいところだったが、そんな悠長なことはやっていられない。

　ようやくエレベーターが止まり、扉が開いた。海風が頬に当たる。見える範囲に乗客の姿はない。

　すぐさまデッキに飛び出してゆりうの姿を探す。

　いた。彼女は先ほどと同じ場所にいて、こちらに背を向けていた。

　けれど、既にその背後に人影が迫っていた。

「ゆりうちゃん！　後ろだ！」

　俺はスマホを口から離して直接彼女の背中に呼びかけた。同時にその人影が体当たりするようにゆりうにぶつかった。

「やめろ！　輪子さん！」

「キャア！」

　弾みでゆりうの体が跳ね飛ばされる。抱いていたルルーもろとも柵を越えて落下していく。

　考えるよりも先に体が動いていた。ゆりうの元へまっすぐ駆け出す。

　彼女の体がデッキの向こうの奈落へ消えていった。

「ゆりうちゃん！」

　否、大丈夫だ。デッキの端に彼女の手がかかっているのが見える。まだ落ちていない！

　ゆりうを突き落とした人物、渡乃屋輪子がその場から逃げ出そうとする様子が視界の端にわずかに映った。

けれど今はそっちにかまっている余裕はない。だから、俺は呼びかけることにした。

「リリィ！　頼む！」

「かしこまりました」

姿は見えなかったけれど、返事はほぼノータイムで返ってきた。

同時に、どこからか飛んできた一本のナイフが乾いた音を立ててデッキに突き刺さる。

短い悲鳴が上がり、輪子さんが床に倒れ込む。

その一瞬の間に俺は柵を飛び越えてゆりうの手を掴んでいた。

「し、師匠！」

なんと、ゆりうはそんな状況にあってもルルーを手放してはいなかった。大した根性だけれど、彼女の目は恐怖に染まっている。なんせ下は暗い海の奈落なのだ。落ちれば命はない。

「大……丈夫！　絶対助ける！」

とは言ったものの、人間一人、プラス猫一匹の重さを片手で支えるのは、相手が華奢な女の子であっても軽い労働とは言えない。ギシっと自分の腕から軋む音がした。腕を痛めたかもしれない。

でもそれがなんだ。どうせ俺の体は勝手に再生する。

壊れてもいいからゆりうを引き上げるんだ。絶対に。

「師匠！　お願い！　この子だけでも先に！」

それなのにゆりうは、左手で抱いていたルーを必死に押し上げようとしている。

嘘だろう？　この子、マジなのか。映画の撮影じゃないんだぞ。スタントマンは代わりをしてくれないし、下にマットも敷かれていない。それなのに猫の命を優先する？

「そんなの……まるっきりヒロインじゃないか！」

一周回ってなんだかおかしくなってきて、俄然力が湧いてきた。

最後の力を振り絞って引っぱり上げる。

ゆりうが再び柵に掴まる。

「よし！　いいぞ！」

それを確認するのと同時に、俺の体は入れ違いに落下していった。

「師匠！」

最期にゆりうの声と、自分の首の骨が折れる音を聞いた。

□

死の淵――ではなく、死の底から生き返ると、天使によく似たリリテアが俺のことを見下ろしていた。

「蘇りなさいませ、朔也様」

助手による慈悲深いお出迎えだ。

寝かされていたのはデッキの上で、俺の頭はリリテアの柔らかな膝枕の上にあった。

「俺……落ちたよね？」

「ええ落ちました。発見時、朔也様の首は百八十度ほど回転しておりました」

どうりで首を寝違えたような感覚があるはずだ。

「そうか……ああ……」

今一度目を閉じ、自分の身に起きた死を受け入れる。

「ああー怖かったあぁ！」

口をついて、心の底からの本心が出た。

「朔也様、頑張りましたね」

リリテアが膝枕をした姿勢のまま俺のおでこを撫で、世界中で俺にだけ見えるように優しく微笑む。

さすがに照れ臭くなって、慌てて体を起こした。

と、背後で人の声がした。

「え？　生きてるの？　う、嘘だろ？」

　見ると、渡乃屋家の人々と漫呂木が顔を揃えてこちらを見ていた。

「朔也様は運良く舳先の端に落下したためすぐにご遺体を回収することができました。再びこのデッキまで運んでくださったのはあちらの刑事様です。後でお礼を言いましょうね」

「キミ、大丈夫なの？　どう見ても死んでるように見えたけど……」

　渡乃屋家を代表して甘彦が恐る恐る尋ねてくる。

「……たまたま打ちどころがよかったみたいです」

「首も背中向いて、ほっぺたが肩甲骨についてたように見えたけど……」

　ゆっくりと立ち上がる。まだ首の可動に若干の違和感が残っていた。

「師匠～！」

　直後にゆりうが抱きついてきて、すぐにまた転倒した。

「死んだかと思いました！　死んだかと思いました！」

　ゆりうは可愛い顔を台無しにしてふぎゃーと泣いた。

「ごめん。キミを引っ張り上げるので力を使い果たしちゃったみたいだ」

　ぎこちなく彼女を慰める。

「だけどゆりうちゃんも無茶しちゃダメだ。猫も大事だけど自分の命を第一に考えないと」

　そのように窘めると、ゆりうは若干恨めしそうな顔をした。

「その言葉、そっくりそのまま蝶々結びにしてお返しします！」

ぐうの音も出ない。

それから俺はデッキの上に突っ伏しているその人――渡乃屋輪子の前に立った。一本の鋭いナイフが、彼女の着物の裾を床に縫い付けて動けなくさせている。

輪子さんを見事に釘付けにしたのは、リリテアが遠くから投げた隠しナイフだった。サーカス団のナイフではない。彼女の自前だ。

「リリテア、お見事」

その腕前と反応の速さを褒めると、リリテアは構えを作ってから言った。

「事前にウォームアップはすませておきましたので」

「……まさかいざという時のために船内でダーツを？」

「当然です」

「嘘つけ」

輪子さんは漫呂木によって拘束されていた。すでに観念している様子だ。ゆりうを突き落とすところを、俺にもゆりうにもはっきり目撃されたのだから無理もない。

「母さん……どうしてこんなこと……」

甘彦はうなだれたままの母親にかける言葉を失っている。

俺は怒りも愉悦も含まない調子で彼女に言った。

「輪子さん、あなたが真犯人だったんですね」

改めてこの事実を家族の前で告げるのは躊躇われたけれど、ここで濁してどうなるものでもない。

「あの子……捻彦のせいなのよ……。私は……私はただ、家を守ろうと……」

輪子さんは折れんばかりに爪を床に立てて声を絞り出す。

「秘密を……守ろうと……。それなのに！」

「輪子！　もういい！　それ以上は――！」

そんな妻の独白を止めたのは菓子彦さんだった。血の気の失せた顔色をしている。

「菓子彦さん、何かご存知の様子ですね？　もしかして輪子さんが捻彦さんを亡き者にした理由をご存知なんですか？」

「わ、私は……！」

絶対に答えたくない、という表情だ。

「ナ～ウ♪　お腹撫でちゃうぞ～……へ？　あ、はい！」

と、そこにルルーを抱っこしたゆりうが近づいてきた。さっき殺されかけたばかりだというのに、結構メンタルが強い。

「師匠、やっと取り外せましたよ」

ルルーはようやく背中からＧｏカメラを取り外してもらえて、すっきり気分爽快という様子だ。

「……そう言えば気になってたんだけど、このカメラをルルーの背中につけたのって……？」

「ああ、多分葛城さんだと思います」

「やっぱりそうなんだ」

　薄々感じてはいたけれど、捕まえるのも苦労する猫の背中にＧｏカメラを取り付けるなんてこと、飼い主以外に簡単にできることじゃない。

「あの人、仕事柄カメラとかにも結構詳しいみたいで。でもなんのためにこんなことしたんでしょうね？」

「さっきから気になってたけど、その猫ってもしかしてルルーちゃん？」

　葛城の謎行動についてしばし議論していると、横から甘彦が入ってきた。

「知ってるんですか？」

「ファンなんだよ。動画サイトでいつも見てる」

「動画サイト？」

「知らないの？　ルルー散歩チャンネル。ルルーの背中に取り付けたカメラを通して、町のいろんな風景を猫の視点から楽しめるんだよ」

　甘彦がスマホの画面を掲げて見せてくれた。確かに有名動画投稿サイトにそのような動画が複数アップされていた。投稿者の名前やその他の情報は伏せられていて、とにかくルルーのことが全面に押し出されている。

それを見ても甘彦（あまひこ）のように興奮してあげることはできなかったけれど、でも、なるほど。

これで葛城（かつらぎ）の行動の理由はわかった。

彼は趣味で猫を利用した特殊な動画投稿も行っていた。そして多分、それらは奥さんには内緒にしているんだろう。

「さしずめ今回は豪華客船の旅と題していつもと違った動画を撮ろうと計画していたんだろうな。でも、慣れない環境で興奮しちゃって、出航早々にルルーが部屋から逃げ出しちゃった、と」

状況をまとめると「ああ！　それ、きっと正解です！」とゆりうが言った。

「部屋の前で会った時、葛城さんなんだか慌ててたんですよ。どうしたんですかって声をかけたら、大切な猫が逃げちゃったって言うもんだから、それならあたしにドンとお任せあれ！って」

「頼まれもしないのに探偵役を強引に買って出たと」

「えー、でも困ってたみたいですし。まあ確かにそんなことしなくていい、自分で探すからとは言ってましたけど」

「こんな趣味を主演女優に知られるのは彼としても避けたかっただろうね。もう遅いけど」

要するにこれは猫を使った隠し撮りなのだから、あまり褒められた趣味ではない。

「うう……。あたし、大きなお世話しちゃってたんですかね？　ししょ～」

「泣くなよ。ゆりうちゃんはゆりうちゃんなりに頑張ったよ」

しょんぼりする彼女を慰める。するとあっという間に眉がパッと持ち上がった。

「ですよね！　おかげで重要な証拠を掴むことができたわけですし！」

ゆりうは取り外したカメラをチャンピオンベルトのように天に掲げて胸を張る。

切り替え早いな。

と、その拍子にカメラの画面に映像が流れ始めた。再生ボタンに手が触れてしまったらしい。

「あ、ごめんなさーい」

慌ててそれを停止しようとするゆりう。

「……ちょっと待った！」

俺はとっさにそれを制して画面を覗き込んだ。何事かとそのほかの面々も覗き込む。

映し出されていたのは倉庫で輪子さんと捻彦が口論をしている場面だった。

それはこんな内容だった。

『もうたくさんだ！　日本に戻ったら何もかもぶちまけてやる！』

『捻彦！　そんなことをしたら家がどうなるかわかってるの!?　五代続いてきた渡乃屋の歴史と信用をあなたは……！』

『だからってこんなことを家ぐるみで続けるなんてどうかしてる！　母さん、止めても無駄だ。俺は全てを明るみに出す！　何年も我慢してきたんだ！』

　母子の口論は激しかった。

『それもこれも会社を立て直すためじゃない！　お父さんがどれだけの思いで決心したと思うの！』

『知るかよ！　親父の代で経営が傾いたのは親父に商才がなかったからだ！　なんだよ新商品の黒糖オクラメロンクッキーって！　売れるわけねーだろ！　だいたい会社が存続したからってなんだ！　どうせみんな兄貴のものになるんだ！　俺には関係ないね！　フン！　長男だからって甘彦なんてこれみよがしに名前をつけやがって！』

『それは……！　会社だけじゃないわ。全てはあなたたちを育てるためだったのよ！』

『汚いことして儲けた金で育てられたくなんてなかったよ！　こんな……』

「あーー！」

　突然、夜の潮風の吹くデッキにゆりうの声が響き渡った。

　映像に集中していた皆が顔を上げると、ゆりうがカメラそっちのけである一点を指さしていた。

　それはあのクラウンのバルーン——の足元のあたりだった。

「も～！　コラ！」

ゆりうはカメラを俺に手渡すとそちらへ走り寄って行った。

「なんだ！　今重要な場面なのに！」

漫呂木が両手で頭を掻く。

「ごめんなさい！　でもこの子がバルーンを引っ掻いちゃって……！　プシューって」

「プシュー？」

その擬音では一瞬何が起きたのかわからなかったけれど、クラウンを見上げて察した。

クラウンのスマイルが徐々に萎み始めている。

「あーあ。ルルーが穴を開けちゃったのか」

「サーカスの人たちに謝りに行かなきゃ！　でもこの子、さっきここで見つけた時もこのバルーンをやたらと引っ掻いてたんです。何か気になる匂いでもあったんですかね？　あ！　こーら！」

ゆりうが話している間にいたずらっ子のルルーは開いた穴に顔を突っ込み、なんとそのままバルーンの中に入り込んでしまった。

「出てきなさーい！　ルルー！」

ルルーの後を追ってゆりうもその穴に顔を突っ込む。

「だ、ダメだ！」

それを目にした瞬間、今度は菓子彦さんが悲鳴のような叫び声を上げた。

「いかんいかん！　そこは……！　やめろぉ！」

「どうしました？　何か見られてまずいものでも？」

「あ！　いや……その」

彼は目を泳がせて口ごもる。

「あれ？　あのー！」

上半身だけバルーンに突っ込んだ体勢のまま——乙女としてあまり晒すべきではない体勢だ——ゆりうが呼びかけてくる。

「今度はなんだ？　ゆりうちゃん、まさか抜けなくなったのか？」

「違います！　その、中に何かあるんですけど……」

「中ぁ？　バルーンの中にあるのは空気だろ！　少しは空気を読め！」

漫呂木はイライラしている。

「それが……えっと、ビニールに包まれた緑色の綿みたいなのがたくさん敷き詰められてて……」

「綿？　なんでそんなものが」

「なんだか甘い匂いですー」

俺と漫呂木は顔を見合わせた。

緑色の綿で甘い匂い。

その条件に該当するものはそう多くない。

みんなの興味がすっかりそっちに集まっている中、俺はそっとボタンを押して映像の続きを確認した。

映像の中で生前の捻彦が母親に向かってこう叫ぶ。

『こんな……大麻を売った金で育てられたくなんてなかった！』

□

渡乃屋製菓はここ何年も売り上げ不振が続いており、経営破綻もささやかれていた。

明治初期から続く老舗が迎えた最大の危機だった。

新商品の開発、販売も空振りに終わり、いよいよ看板のしまい時かと思われた。しかしある年を境に再び一家の羽振りが良くなった。

これはのちにリリテアが調べて判明したことだ。

「まさかあの渡乃屋製菓が大麻の密売に関わっていたとはな……」

渡乃屋菓子彦、輪子夫妻を拘束しながら漫呂木はため息をついていた。

「黒糖オクラメロンクッキーの『ポワロ』、好きだったんだけどなあ」と残念がっている。

渡乃屋製菓の隠れファンだったのか。

「渡乃屋製菓は国内外に農場を持っていた。菓子彦さん、あなたはその土地を利用して密かに大麻を育てていたんですね」

改めて尋ねると菓子彦さんは観念したように肯いた。

国内と海外、それぞれの畑で乾燥大麻を作り、輸出入を繰り返していた。個人で魔が差してやったというレベルではない。会社を利用して資金繰りのために密売を行っていたのだ。

それは菓子彦さんと妻の輪子さんの間で共有されていた一族の秘密だった。

後の調べでは長男の甘彦も娘の味子も、両親がそんなことに手を染めていることをまったく知らなかったという。

けれどどんなきっかけからか、捻彦だけはその秘密を知ってしまった。

「捻彦は……あの子は、こんなことはやめにするべきだと言って聞かなかった……。洗いざらい世間に公表して罪を償うべきだと……」

菓子彦さんは深くうなだれたままそう言った。

粗暴で女癖が悪い、金持ちの家の次男坊。故人を悪く言いたくはないけれど、正直、耳にしていた捻彦の印象はいいものではなかった。それでも、だからといって捻彦という男は世の中の悪徳を全て是とする人間だった、というのは早計だ。

彼は彼で親の罪に悩み苦しみ、生活の安定を捨ててでもそれを糺そうとしていたのだ。

「だがそんなことをすれば一族はおしまいだ！　一家はもちろん、提携している親戚の子会社、勤めている多くの従業員の生活も！　今更引き返せなかったんだ……」

「だから殺すしかなかったと？　だから奥様が捻彦さんを殺してしまったことを知ってもなお、それを隠蔽しようとし、お互いのアリバイを偽証しあったと？」

捻彦殺害が行われていた時、輪子は部屋にはいなかった。風呂に入っていた味子はそれに気づいていなかったが、菓子彦だけはそれを知っていた。だが彼は「妻は自分と一緒に部屋にいた」と嘘をついた。

やっぱり身内の証言は無効だった。

「あの子がわからず屋だからですよ」

ゾッとするような声がした。輪子さんだった。彼女は床にへたり込んだまま、無表情で遠くの暗い海を眺めている。

「最後まで親不孝な子だったわ。親の言うことを聞けないのであれば……殺してしまうしかないじゃあないの」

一切の感情の乗っていない口調だった。その母親の様子に甘彦と味子は怯えていた。けれど、その態度から窺えるほど、輪子さんが無慈悲に息子を殺したとは俺には思えなかった。

どこまでいっても今回のことは行き当たりばったりの犯行だ。計画的なものではあり得ない。

カッとなって魔が差して、ついうっかり出来心でやってしまったのだ。

だからなんだ——というわけではもちろんないけれど。

菓子彦さんがどういった経緯で大麻密売のアイデアやルートを得たのかについては追及しなかった。反社会的勢力とのつながりからか、それとも海外でよくない〝友人〟に唆されでもしたか。

いずれにせよそれを追及するのは俺の仕事ではない。裁くのも俺じゃない。

「これで事件は解決、かな」

柵に背を預けたまま、俺はデッキから船内へと連行されていく渡乃屋夫婦を見送った。それとなく自分の右腕に触れてみる。まだ痛みがある。ゆりうを引っ張り上げた時に脱臼くらいはしたのかもしれない。

「お見事でございました」

気がつくと右隣にリリテアが立っていた。

「お疲れ様。リリテアの抜かりないサポートのおかげで助かったよ」

痛めてない方の腕でダーツの仕草をしてみせると、リリテアは少し照れ臭そうに身をよじった。

「説明しなくても意思疎通は完璧。俺たち、最強のコンビじゃん？　これにてゲームフィニッシュ！」

「朔也（さくや）、ダサいこと言わないの」

鮸膠（にべ）もない。

クラウンのバルーンは今ではもう完全に萎（しぼ）み切っていた。中に隠されていた大量の乾燥大麻は後できちんと運び出され、厳重に管理されることだろう。

「しかしクルーズの旅に乗じて密輸するなんて大胆なことするよな。しかもサーカス団のバルーンの中に隠すなんて」

そんな目立つ場所を隠し場所に選ぶはずがない——という盲点をつくという意味では、逆に最適の場所だったのかもしれないけれど。

「まあ、動物の鼻はごまかせなかったわけだけど」

「おそらくこのクルーズ船の企画自体に、渡乃屋製菓が最初から絡んでいたのでしょう」

「じゃあサーカス団も？」

「団員まではわかりませんが、責任者（オーナー）はグルでございましょう」

「大人は怖いなあ」

結局俺の抱いた印象通り、クラウンは腹に一物抱えていたわけだ。

ゆりうはというと、泣きじゃくる味子（みこ）を必死に慰めている。

しばしその様子を離れた場所から見守る。

不意に味子が小さく笑うのが見えた。ゆりうがどんな気の利いたジョークを言ったのか、ここからでは聞き取れなかった。

味子が泣き止むと、ゆりうは肩にルルーを乗せてこちらへ歩み寄ってきた。

「やりましたね、師匠」

「ゆりうちゃん、お手柄だ」

ルルーはもう逃げ出す心配はなさそうだし、偶然にせよ隠された大麻も発見した。大活躍だ。

「えへへ。よくわかんないまま事件終わっちゃいましたけど」

「このたびは巻き込んでしまい、申し訳ありませんでした。朔也様に代わってお詫びを申し上げます」

丁寧に頭を下げるリリテアにゆりうが恐縮する。

「いえいえ。……ところで師匠、この美人さんは一体？」

そう言えば二人はこれが初対面だ。

「ああ、彼女はリリテア。俺の助手で……」

「ところで朔也様、師匠とはなんのことでしょう？」

顔を上げたリリテアが冷たい目で俺を見ている。

「私、聞いておりませんが？　女の子に自分のことを師匠と呼ばせてどのような類の愉悦にお浸りになっていたのでしょう？　私、聞いておりませんが」

「い、言いそびれてたんだ」

目を泳がせていると、この世の誰にも——俺以外には誰にも聞き取れないほど小さな声でリリテアは「おバカな人」と言った。ああ、拗ねてしまった。

「ちなみになんですけど、師匠は一体どの段階で犯人が輪子さんだって気づいたんですか？　それに思い当たったからあたしのところに駆けつけてくれたんですよね？　ゆりうー！　死ぬなー！　逝かないでくれーって」

ゆりうは夢見るような顔で小芝居をする。もちろん俺がそんなセリフを吐いたという史実はない。

「いろんなピースが揃って結論が出たんだけど、最後の決め手は捻彦さんの残してくれたダイイングメッセージ、かな」

「あのMですか？　どうしてそれで犯人が輪子さんになるんです？」

ゆりうはちっともわからないという顔だ。俺はポケットから自分のスマホを取り出し、それをクルリと百八十度回転させて見せた。

「あの文字、そもそも逆さだったんだよ。考えてみればその可能性にもっと早く気づくべきだった」

「逆さ……。M……M……えむぅ……むえー」

「Mを逆さにすると？」

「あ！　そっか！　W！」

「そう。最初に画面に残された文字を見た時、俺はそれをスマホのロック解除の形跡だと勘違いしてしまった。その後にそれはやっぱり別のメッセージだという話になったわけだけど、最初の先入観があったせいで、捻彦(ねじひこ)さんがスマホを逆さに持ってあの文字を書いたという可能性を検討し忘れてしまったんだ」

「そっか！　確かにあれがロックを解除しようとしてついた跡だったら、当然スマホは正しい向きで持つでしょうけど……」

「うん。とっさにポケットから取り出して、なんでもいいから早くそこに文字を書こうって時には上下の向きなんて考えない。考えている暇がない」

なにせその時彼は首を吊(つ)られて窒息しかけていたのだから。

「MがWになった時、そこに当てはまる近しい人物は輪子(WAKO)さんただ一人だったってわけだ」

と説明したけれど、実はもう一つ些細(ささい)な解釈の余地がある。

W＝渡乃屋(WATANOYA)である可能性だ。

捻彦は大麻密売に手を染めた渡乃屋(わたのや)そのものを犯人と考えて、Wの文字を残したのかもしれない。

もちろん全部俺の想像だ。

「リリテアは先にそのことにも気づいていたんじゃないのか？」

そう耳打ちすると、リリテアは小さく肯(うなず)いた。けれどその口から出た言葉は俺の予想をもう一段階上回るものだった。

「それもございます」

「それも？」

「スマホの上下を間違えたことでWがMになってしまったとの推理ですが、私(わたくし)はこう考えました。捻彦氏は最初からWとM、どちらで解釈されても犯人にたどり着くように彼なりに考えてダイイングメッセージを残していたのではないかと」

「どっちでもって……」

「MはMother(母親)のM」

「あ！」

「あくまで私の解釈です。今となってはどちらでも」

俺は改めて自分の助手の鋭さに舌を巻いた。それはそばで会話を聞いていたゆりうも同じだったようで、

「そういうことだったんですね。あたし感激です！　師匠は本当に本当の探偵さんなんですね！」

と感激している。

「本当の探偵さん……か」

確かに、クルーズ船内の殺人事件に関わるなんて一丁前の探偵っぽくはある。覚悟もないまま半人前探偵をやっていた俺にしては、上出来の成果を出せたのかもしれない。

でも――。

「今夜だけのマグレだよ。普段はこうはいかない」

明日からはまた半人前だ。

「ま、とは言え無事に解決したんだからなんでもいいか。これでやっとゆっくりできるな。今日は疲れたよ」

「朔也様。まだ肝心な仕事をお忘れですよ」

すっかり終わった気でいた俺に、リリテアは非情な現実を突きつける。

「……あ」

それで俺もすっかり忘れていた案件のことを思い出した。

「葛城の浮気調査！　すっかり忘れてた……」

「え？　葛城さんの浮気？」

ゆりうが口元を押さえて驚く。

しまった、つい調査内容を漏らしてしまった。けれどポカを悔やむ俺を尻目に、ゆりうは明るく笑った。

「なーんだ！　あひゃひゃっ！　それなら大丈夫です！　葛城さんが浮気!?　あは！　絶

対ないです。ないないないですよー！」

「どうして？」

「だって葛城さんって仕事の虫そのものって感じの人ですし」

「いや、でも人は見えないところで何をやっているか……」

「それなら証拠映像を見せましょうか？」

「証拠映像？　そんなものがあるの？　どこに？」

「ここです！」

　ゆりうが得意げに天に掲げたのは、先ほども大活躍したGoカメラだった。彼女はもはや慣れた手つきで操作し、映像データを選択した。

「実はさっき映像の最初の方、チラッと目に入ってたんですよねー。はいどうぞ」

　言われるままに映像を覗き込むと、そこには葛城の姿が映っていた。

　場所は船の自室だろう。床の低い位置、ルルーの視点から撮影しているアングルだ。それを覗き込むような形で葛城が膝立ちになっている。

「葛城は一体何をしてるんだ……？」

　彼の部屋は異様な状態だった。

　見たままを言うと、部屋中に無数の猫がいた。

　ブリティッシュ・ショートヘア、スコティッシュ・フォールド、メインクーン、マンチカン、アメリカン・ショートヘア、ペルシャにロシアンブルー。

そして葛城自身は下着だけを身につけたほとんど裸に近い格好で、まとわりついてくる猫の肌触りに恍惚の表情を浮かべていた。

「この人、まさか……重度の猫偏愛家？」

その上身体を猫のザラザラした舌に舐められるたびに、あまり聞きたくないタイプの声を漏らしている。

「ヘンタイさんですね……」

俺とリリテアは顔を見合わせる。

葛城がこの船に持ち込んでいた大荷物の中身はこれだったのか。

「ルルーちゃんを探しに出かける前に葛城さんから聞いたんですけど、葛城さんって密かに猫マニアらしいんですよ。だけど奥さんにはまったく理解されてないらしくって」

ゆりうが記憶をたぐりながら話す。

「最近は猫ちゃんのためだけに内緒でマンションを借りたんだって言ってました。そのくらい普段から気を使ってるから、せめて今回の企画の旅の間は思う存分猫ちゃんたちと遊ぶんだって張り切ってましたよ。でもなんで裸なんだろう？」

「それじゃ浮気相手って……猫？」

俺とリリテアは同時に全く同じことを口にしていた。

愛の形は様々——か。

「よくわかんないですけど、二人とも息ピッタリですねー」

そんな俺たちをゆりうはほのぼのと眺めている。

「これを浮気と報告していいものかどうかは迷うところだけど、なんにせよ葛城の秘密は判明したわけだから、こっちの依頼も無事完了だな」

あとは残りの船旅を満喫するだけだ。そして日本に戻ったらこの証拠映像を葛城の奥さんに渡して報酬をもらう。最高だ。

俺は心地よい疲労感の中、ひとつ伸びをする。

「今日は色々ありすぎて疲れたな……。時間も時間だし、もう部屋に戻って眠……」

ついでに夜空を見上げる。

頭上に燃える旅客機があった。

「…………………え？」

旅客機だ。

間違いなく。決定的に。

炎を纏(まと)った旅客機はクィーン・アイリィ号目がけて墜落してくる。

いつの間に、どこから降って湧いたのか。理解が追いつかない。

夜の空に浮かび上がるその機影は絶望的に巨大に見えた。

「な……一体なん……！」

リリテアとゆりうも俺の反応に気づいて空を見上げた。

旅客機はそのまま操舵室に衝突した。

この世のものとは思えない凄まじい轟音と、立っていられないほどの衝撃が船を襲い、俺たちはその場に倒れ込んだ。

「伏せろ！」

「きゃあああああぁ！」

とっさにリリテアとゆりうを庇う。衝撃で砕け折れた右翼が、俺たちの頭上すれすれをブーメランのようにかすめて夜の海へと消えていった。

その行方を振り返る間もなく、旅客機の胴体が真っ二つに折れて火を噴き、次いで大爆発を起こした。

地獄の底から噴き上げてきたかのような紅蓮の炎が高く昇っていく。

「うわあああああああああああああぁぁぁっ！」

遠くで乗客の誰かの悲鳴が上がった。長く、悲痛な叫びだった。

それはクルーズ船の数百ある部屋の、それぞれの窓から聞こえていた。

クィーン・アイリィ号は一瞬にして阿鼻叫喚の渦に飲まれた。

太い黒煙が空に立ち昇り、船体が大きく傾き、大勢の人々の悲鳴が上がる。

「な……なにが起きて……あれは……？　し、師匠……」

ゆりうはその場にへたり込んだまま、茫然と目の前の惨事を見つめている。

「なんですかこれ……なんですかあれ……！」

それはこっちが訊きたい。

なんだあれは？

死ぬ思いをしてようやく解決した事件を、殺される思いをしてなんとか勝ち取った平穏を──全てなぎ払い、焼き尽くすあれは。

あの旅客機は──。

「リリテア……まさか……だよな？」

「朔……也…………。いいえ……ああ……なんてこと……あれは！」

「……あの飛行機がなんでここにある!?　なんでここに落ちてくるんだ！」

あれがこっちへ向けて落ちてくる時、俺は見た。

胴体部に記されていた機体記号。

それは間違いなくニュースを賑わせていた、あの、ハイジャックされた旅客機のものだった。

解決のために追月断也が乗り込んだ飛行機のものだった。

俺は上着を脱ぎ捨てて炎の方へと駆け出していた。

「朔也様！　いけません！　無茶です！　朔也！」

リリテアを振り切り、ただ進む。けれど十メートルも進まないうちに熱で呼吸が苦しくなった。

「おい……嘘だろう？　大丈夫だよな？　不死身なんだろ？　これくらいのことで……なあ……！」

熱風から必死に身を守りながら、さらに近づく。近づけば近づくほど非情な現実が見えてくる。

旅客機は致命的に大破し、絶望的に砕け、燃え盛っていた。

足元には見知らぬ人々の左右の腕が一ダースほどまとまって転がっていて、生焼けになっている。

前方の裂けた胴体の隙間からは、クリスマスの飾り付けのようなリボンが無数に垂れ下がっている。よく見るとそれは人間の腸だった。

飛行機の乗客は誰も――誰一人として助かっているわけのないことはもはや火を見るよりも明らかだった。

誰も彼もが死んでいる。平等に、逃れられない死が横たわっている。

「嘘だろ！　親父！」

不死身だ。不死なんだ。だって追月断也だぞ？　あの親父なんだぞ？

きっと大丈夫だ。今にそこらの瓦礫の下からひょっこりと現れて「少し日焼けした」とかなんとか軽口を――。

「う……！」

オイルと血液の混ざった粘液に足を滑らせて転び、肩を強打した。

その拍子にポケットからスマホが転び出る。パッと画面が明るくなる。

「あ……」

俺宛にメッセージが届いていた。

震える手でスマホを拾い上げる。

差出人は追月断也。つい二分ほど前のものだ。

――あとを頼む。

「なんだよ……こんな、らしくもないこと……。いつもそうなんだよ……アンタは……言葉足らずで、いい加減で……何をするにも唐突なんだ！」

メッセージはまだもう少し続いていたような気がしたけれど、全部を読み終えることはできなかった。凄まじい炎の熱でスマホがイカれてしまったのだ。

俺の顔中が焼けるように痛む。否、実際炎にあぶられて焼け始めている。

自分の髪とまつ毛の焦げる嫌な匂いがした。

足元がさらに傾いた。クィーン・アイリィ号が沈没し始めている。ギシギシと現実味のない音を立てて船体が割れていく。

俺は山となった残骸を一つずつどかしていった。旅客機の外壁や骨組みは焼けた鉄板のように熱されていて、手をかけるたびにジュウと音を立てた。俺の両手の皮はあっという間に溶けて剥がれ、十本の指はすぐに開かなくなった。

それでも全身の力を振り絞って生きている人間を探した。

「おまえの脳髄は何色だ？」

不意打ちのように聞こえてきたその声は、臓腑を直接踏みつけられるような、低く冷たい声だった。

黒煙を吸い込み、胃の中のものを吐き出しながら顔を上げると、炎の向こうに人影が見えた。

悠然と立っている。

「赤か？　青か？　灰色か？」

熱された空気が揺らめき、俺の視界を歪めている。

「だんまりか。だがそれでいい。誰だって自分の脳髄なんて見たことはないんだからな。即座に答えるヤツは、人間のモグリだ」

炎の向こうに立つ誰かは淡々と俺に語りかけてくる。まるで交差点で信号を待つ間の世間話みたいに。

だんまり? とんでもない。俺はその人物の問いに答えようとしていた。

俺は自分の脳髄を見たことがあったからだ。いつだったか、頭をかち割られて殺された時、死ぬ直前に確かに見た。だから答えてやりたかった。けれど俺の喉はとっくに炎にやられて潰れていた。

全身から力が抜け、俺は膝から崩れ落ちた。いよいよその脳髄に酸素が回らなくなってきた。

「灰色だといいな。おまえの脳髄。追月断也(おうつきたつや)のように」

薄れゆく意識の中で俺は、炎の向こうに立つ人影を目で追った。

けれどすぐに視界が遮られて追えなくなった。俺の眼球が炎によって蒸発し、世界そのものが見えなくなってしまったからだ。

何も見えないまま、言えないまま、俺は全身を焼かれて——また死んだ。

神様、随分な仕打ちじゃないか。

デタラメすぎる。

もしかして俺の体だけじゃなく、運命までテキトーに書いたのか?

これじゃ何枚遺書を用意しても足りない。

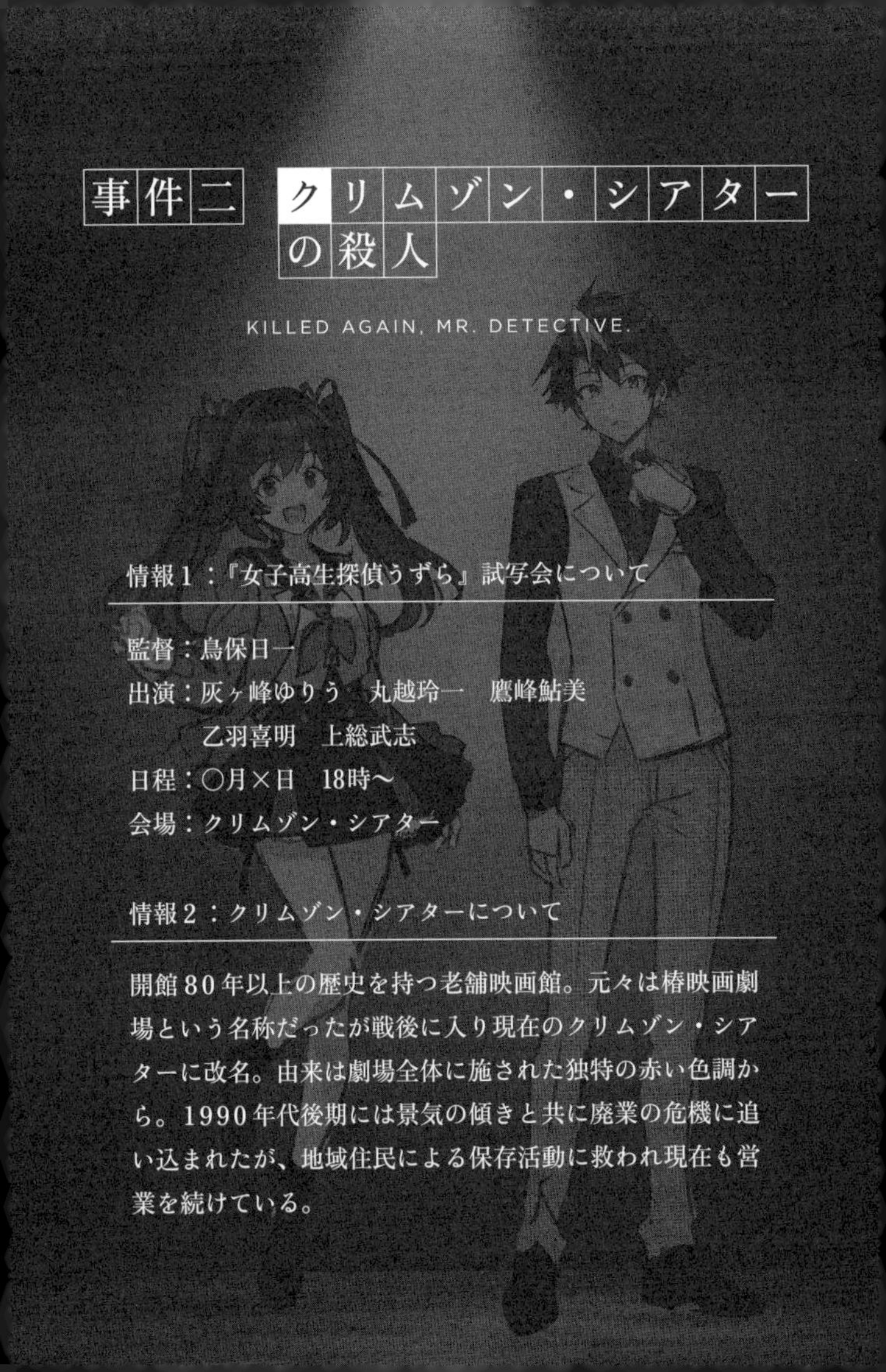

事件二　クリムゾン・シアターの殺人

KILLED AGAIN, MR. DETECTIVE.

情報１：『女子高生探偵うずら』試写会について

監督：鳥保日一
出演：灰ヶ峰ゆりう　丸越玲一　鷹峰鮎美
　　　乙羽喜明　上総武志
日程：○月×日　18時～
会場：クリムゾン・シアター

情報２：クリムゾン・シアターについて

開館80年以上の歴史を持つ老舗映画館。元々は椿映画劇場という名称だったが戦後に入り現在のクリムゾン・シアターに改名。由来は劇場全体に施された独特の赤い色調から。1990年代後期には景気の傾きと共に廃業の危機に追い込まれたが、地域住民による保存活動に救われ現在も営業を続けている。

一章　別に、いいけど。暇だし

史上最悪と言われた旅客機墜落及び、クィーン・アイリィ号沈没事件から二ヶ月が経った。

「『命拾い』って言葉があるだろ？　ギリギリ助かって死を免れる――みたいな意味の。最近どうもこの言葉が引っかかるんだよ。命拾い。拾う？　拾うってなんだ？　それじゃまるで一度命を落としてるみたいじゃないか。これってなんか変じゃない？　命はもともとみんなが持ってるものだ。それを拾う？　でも拾うためには必然的に一度落とさなきゃならないだろう？　だって落ちてないものは拾えないんだから。でも命を落とすってことは、つまり死ぬってことだ。落命って言葉もあるし。だから普通、落とした命はもう拾えない。落とした時点で死んでるんだから拾えるはずがないんだよ。変じゃない？　思わない？　だからね、『命拾い』って言葉は矛盾をはらんでいると思うわけだよ、俺は」

華やぐ金曜日の午後五時過ぎ。都内の整然とした歩道を歩きながら、俺は言葉の不完全さについて熱く論じていた。昨晩ふと気づいて、それがここ最近で一番の発見だったので、いち早くリリテアに教えたかったのだ。

「かわいい……」

一方リリテアは信号待ちの知らない女性が抱っこしている一歳児に、すれ違いざまに小さく手を振っていた。俺の話を全然ちっとも聞いてない。

「ちょっとリリテア！」

「何が矛盾なものですか。命拾いなら朔也様がいつもしているじゃありませんか」

ちゃんと聞いていたらしい。

「俺に関してはそうかもしれないけど、一般的にはだね……」

「でしたら命拾いとは朔也様だけのためにある言葉ですね。曲がってるよ」

そう言って彼女は気安く俺のネクタイに手を伸ばしてくる。その表情が予想外に無防備だったのでドキリとさせられる。

「もういいよリリテア。人に見られてるって。それに今日はちょっとした試写会だし、そこまで気合い入れることもないよ」

「何がちょっとした、ですか。出がけに慣れない香水を振っておきながら」

「……バレた？」

「バレバレです」と言って彼女は俺の首元に鼻先を近づけてくる。より一層恥ずかしい。

「この香水、先週届いていた、あの人からの贈り物ですよね？」

「……そうだったかな？　……そうだったかもね」

あの人とは新人女優・灰ヶ峰ゆりうのことに他ならない。

　俺たちは彼女の初主演映画『劇場版・女子高生探偵うずら』の関係者試写会に呼ばれて、これから会場となる都内の劇場『クリムゾン・シアター』へ向かおうとしている。

　ゆりうと知り合ったのは、もう二ヶ月前のことだ。

　本来彼女と俺とは住む世界の違う者同士だったけれど、色々あって今では俺を師匠と呼んで慕ってくれている。そんな彼女から先週、試写会の招待と共にとあるプレゼントが送られてきた。小箱を開けてみると中身は小洒落た香水だった。

「これでもらった香水をつけて行かなかったら、なんか感じ悪いじゃないか。当然今日はゆりうちゃんも主演として試写に来るんだし」

「別に責めてはいません。ただ、少しつけすぎです」

　リリテアはさらに顔を近づけてくる。そう言う彼女からは香水とは違う、ナチュラルないい匂いがした。花のような、果物のような、石鹸のような。

「こういったものはほのかに香る程度でいいんです」

「そう？　香水なんて普段つけないから加減がわからなかったんだ」

　今日は一応香水に合わせて、普段は着ない他所行きのスーツにも袖を通してみた。本当は自分のスーツをクリーニングに出したのだが、何か向こうで手違いがあったらしく今日に間に合わなかったので、仕方なく親父のお古を借りている。

だからか、全体のシルエットもブラウンの色具合も、ちょっと時代と逆行している気がしないでもない。けれど丈はピッタリだ。

　クリムゾン・シアターに着いたのは五時半過ぎのことだった。

　その名の通り、建物は外観も内観も紅色で統一されていた。

「うわ、真っ赤だ」

「統一感があって美しいですね」

「うん……まるで血液みたいだ。生き物の体内にいると言うか……。ああ、もし何か間違ってここで殺されたら、俺の鮮血もまたこの赤に染み込んでクリムゾン・シアター（血臓の劇場）をより濃く染め上げるんだろうなあ」

「最悪の想定も結構ですが、普通の劇場に嫌なルビを振らないでください」

　劇場にはいくつかのホールがあるが、試写会はそのうちの一つを貸し切って行われる。

　六時からなのでまだ少し時間に余裕があったけれど、ロビーにはすでにめかし込んだ大人が何人も集まっていて、それぞれ立ち話に興じていた。

　その中に知った顔を見つける。

　あれはゆりうのマネージャーだ。

「あらどーも、葛城（かつらぎ）さん。もういらしてたんですね。先日は別件でお世話になりました。

ええ、ええ、それはもう。ゆりうも喜んでおりましたよ」

猫好きの葛城プロデューサーと親しげにしている。ああして名刺と手土産を手にあっちへこっちへ。忙しなく業界人に挨拶をして回っているのだろう。

まだ直接話したことはないけれど、一生懸命な姿勢が伝わってくる。是非とも頑張ってゆりうを大女優にしてあげて欲しいものだ。

と、そんな様子を眺めていると、人混みの向こうからあまりこの場にふさわしくない、くたびれたコート姿の男がやってきた。

「なんだ、やっぱりおまえも呼ばれてたのか」

「漫呂木さんも招待されてたの？」

お互いに指を差し合う。

「当然だ。この映画の撮影には刑事として色々力を貸したからな。関係者様と言ってなんら差し支えはないわけだ」

顔馴染みの売れない刑事、漫呂木薫太は自慢げにスーツの前裾をピンと引っ張る。が、彼からはタバコとコーヒーの匂いがした。いつも通りだ。

「特に何もしなかったのに」

「しただろ！　色々！」

「冗談だよ。あの時は大変だったね」と軽く返すと不満そうな顔をされた。

あの時というのは遡ること一ヶ月ほど前のこと。とあるホテルで俺たちは大変な事件に巻き込まれていた。

それは通称クーロンズ・ホテルと呼ばれ、今日試写される映画のロケ地だった。

あれは本当にゾッとするような一夜だったわけで、思えば大変の一言ですませていいものではなかったかもしれない。

「ふん、本当に大変だったのはおまえがホテルを立ち去ってからだったんだぞ」

漫呂木が忌まわしい記憶を掘り返すようにつぶやく。けれど彼は即座に「まあ、それよりもだ」と話題を変え、俺を近くのソファに引っ張った。ソファも赤い。

「ちょっとここ座れ」

漫呂木は少し周囲を窺う素振りを見せた。

ソファに並んで座る。リリテアは俺の横に立って控えていた。

「なに？」

「おまえ、あの件について探ってるらしいな」

彼は乾いた咳払いを一つしてからそう言った。

「深入りするな」

「あの件って？」

「おい！　すっとぼけてる場合か！　二月前の大事故の件だよ！」

「あれは事故じゃなく、人為的に引き起こされた事件ですよ」

未曾有(みぞう)の旅客機墜落及び、クィーン・アイリィ号沈没事件。あの日のことを考えない日はない。深入りしないわけはない。

「だからこそ、だよ。その通り。あれには犯人がいる。おまえはあれを引き起こしたヤツらを追っているんだろう？　だがな、あの件に関しては今、世界中の警察組織が、ＩＣＰＯが、ＦＢＩが、果ては軍までが動いている。国際的な問題に発展してるんだよ。だから――」

「漫呂木(そぞろぎ)さん、今ヤツらって言いましたね？　やっぱり犯人は最初の七人(セブン・オールドメン)ですか？」

「おまえ……」

漫呂木はきまり悪そうにソファに背を預けた。

「やっぱりそこまで突き止めていたか。一応機密情報だぞ、それ」

「はい。だけどそこまでです。かつて親父(おやじ)が探偵として捕縛した七人の罪人。それが《最初の七人(セブン・オールドメン)》なんですね？」

その存在を知ったのは、恥ずかしながらここ最近になってのことだ。あの事件を機に、初めて親父の遺(のこ)していた事件簿に目を通すようになって、そこで知った。

殺人鬼(キル・ワンダー)　嬉原耳(うれしばらみみ)　懲役２５０年

国家級武力（ウォーロード）　ハオタオ　懲役４１１年
夢見し機械（アンドロイド）　フェリセット　懲役６３８年
人類愛食家（ランシド）　タリタ・リグビィ　懲役７８４年
世界の恋人（エンプレス）　Ｙ・デリンジャー　懲役９９９年
大富豪怪盗（セレブリティ）　シャルディナ・インフェリシャス　懲役１４６６年
破戒探偵（スルース）　ジルチ　懲役３８７５年

最初の七人（セブン・オールドメン）。それは厄災とまで言われた七人の国際指名手配犯の総称だ。誰が言い出したのかは知らない。

「ヤツらは親父の手によって捕まえられた後、世界各国にある最高レベルの刑務所に収監されたと聞いています」

「ああ、そうして七人は罪人から囚人になった」

当然、国によっては死刑執行の対象となって不思議はない者もいたけれど、いずれも様々な計り知れない事情から生かされた。その結果が、彼ら一人一人に科せられた冗談のような懲役年数というわけだ。

「そうだ。そして……現在その内五名が脱獄済みだ」

あの旅客機を落としたのは最初の七人（セブン・オールドメン）のうちの誰かだと、俺は睨（にら）んでいる。あるいは全員が裏で糸を引いていた、とも考えられる。

警察もそう睨んでいるらしい。

「ヤツらは復讐のためにハイジャック事件を起こして親父を誘い出し、旅客機を墜落させた。ご丁寧に息子の俺の乗るクルーズ船まで調べ上げて、その上に」

何人巻き添えにした？　何人死んだ？

「おまえでもそんなにわかりやすく怒ることがあるんだな」

漫呂木はそう言ったけれど、別に茶化したわけではなく、心底驚いている様子だった。それから彼は根負けしたというように情報を渡してくれた。

「……今まで国があれこれ手を回して隠蔽してきたらしいが、もう脱獄の事実は報道され始めてる。今の時代、そういつまでも情報操作はできないからな。だが最新の情報はまだかろうじて伏せられている」

「最新の情報？」

「ヤツらの内の何人かが、すでにこの国に入国しているって情報だ」

一瞬、耳の奥の空気圧が変わったように錯覚した。ヘッドフォンのノイズキャンセリング機能をオンにした時みたいな感覚だ。

世界が一段下に落ち窪んだような――。

ヤツらはもう、隣にいるかもしれない。

「このことを知った上でおまえは大人しくしてろ。首を突っ込むな。いいか、俺は善意で忠告してやってるんだぜ。朔也、おまえ、今すぐにでもそいつらをとっ捕まえに行ってやろうって目をしてるぞ」

虚をつかれた。思わず自分の顔を触る。

「危なっかしいんだよ」

「そんな無茶は……しないですよ。ただ俺はあの日の真実を知りたくて」

「親父の復讐をしようってんならやめとけ。半人前のおまえには無理だ。あの不死の追月断也でさえ……やられちまったんだからな」

復讐？　違う。違うよ漫呂木さん。そんなつもりはさらさらない。

「親父は生きてますよ」

「辛い気持ちはわかる。母親に続いて親父まであんなことになったんじゃおまえだって……」

「希望的観測じゃないですよ。むしろ絶望的観測というか。最悪を想定してもなお、生きているとしか思えないのが追月断也という男なんです。息子の直感ってやつですね」

「おまえ……」

「だからそのうち親父がふらっと帰ってくるまでの間は、半人前の息子が半人前なりに追月探偵社を切り盛りしていかなくちゃならないんです」

とは言え、これは別に親父からの最後のメールの内容を忠実に守ろうとしているわけじやない。孝行息子になったつもりはなくて、俺の意思だ。

「今は俺が社長代理です。そのためには探偵っぽいことの一つや二つ、やってみせなくちゃならないんですよ。苦労も多いですけどね」

確信を以てそう伝えると、漫呂木は不機嫌そうな顔のまま、少しだけ笑った。器用な顔面だ。

「その危うさは見てられんが、腐ってないみたいでその点は安心したよ。おっと、もう時間だな」

そう言って彼はソファから立ち上がった。

確かに、時計を見るともう六時前になっていた。

話し込んでいるうちにロビーにはたくさんの関係者が集まっていた。

トイレを終えて向こうから上機嫌で歩いてくるのは監督の鳥保日一だ。まだ三十代だったはずだが、歳に似合わず一昔前の型のスーツを着ている。人のことは言えないか。

俺と一瞬目が合うと、彼は感慨と恐れの同居した、なんとも微妙な顔で会釈し、そそくさと通り過ぎていった。

彼とも撮影現場で顔を合わせている。俺の顔を見てクーロンズ・ホテルの事件のことを思い出してしまったのだろう。

そんな監督を見つけてそそくさと近づく男がいた。

「監督！　今回は完成おめでとうございます！　今日は真ん中の特等席でどうぞ。隣にきれいどころのゆりうちゃんを座らせますので」

どうもゆりうの所属事務所の少し偉い人間らしい。隣でマネージャーが嫌そうな顔をしている。

「いやあ、僕はその……」

けれど前時代的な接待に対して鳥保は若干引き気味の様子だ。

「ドーンと座っていてくださいよ！」

あれで監督という役所も色々大変らしい。

「それにしても、よくあれだけのことがあって完成まで漕ぎ着けたよな」

ゆりうのことを思うと、お蔵入りにならなくてよかったとは素直に思うけれど。

「……リリテア？」

俺はリリテアに話しかけたつもりだったのだけれど、返事がなかった。

不審に思って振り返ると、彼女は売店で二人分のジュースとポップコーンを買っていた。

トレイに乗せてこっちへやってくる。心なしか足取りも軽い。

「朔也様、ホットドッグも追加しましょうか」

「あ、そういうのしっかり買うんだ。準備は万全だな」

ありのままの所感を伝えると、リリテアはハッとなってトレイを後ろに隠した。

「違っ！　リ、リリテアは別に！」

よっぽど楽しみにしていたらしい。

さて、映画の試写の始まりだ。

□

「ししょ〜！　こっち！　一番弟子のゆりうはここですよ！　ここ！」

劇場に足を踏み入れると、向こうで元気なワンちゃんが尻尾を振っていた。

違った。あれは今日の主役、主演女優のゆりうだ。黒を基調としたタイトなイブニングドレスの上に薄手のボレロを羽織っていて、それがまたよく似合っている。

劇場内の椅子や壁もまたクリムゾン一色で、だからこそゆりうの黒いドレスは美しく浮き立って見えた。

「師匠！　絶好の席を確保しておきましたよっ」

ゆりうが手を振るたびに細い腰と、それに似つかわしくない発育の豊かな胸がセットで左右に揺れる。

俺は誘われるままに彼女の左隣に座った。中央やや後ろの席。なるほど確かに絶好の席

You'r
all se
!!

だ。

「どーですかこの席！　一味違うでしょ？」

ゆりうは両手を広げてウェルカムのポーズを取る。褒めて褒めて！　という思考が顔からだだ漏れになっている。

「一味も違わず他の席と同じに見えるけど」と返すとゆりうは「あひゃひゃ！」といつもの癖のある愛らしい笑い声を上げた。

「ありがたいけど、でもこんな場所を俺が使っちゃっていいのかな？　もっと偉い人とか関係の深い人とかが座った方が」

周囲に座る人もそんな雰囲気の人ばかりだ。

「さすが師匠。鋭いですね。席に指定はないですけど、なんとなくの慣例で座る場所に決まりがあるんです。で、そこは本来監督が座るはずだった席です」

「え」

言われて、思わず腰を浮かせかけた。

「まあまあ。その監督本人が内緒で席を譲ってくれたんですよ。自分にはこだわりの席があるからって。ほら」

彼女は俺の肩に手をかけて引き留めると、劇場の後ろのすみを指差した。見ると、最後列の左端の席に鳥保(とりほ)監督が座っていた。

「子供の頃から映画館ではいつもあの席だったそうです。あの角度が一番映画に没頭できるんだとかで」

　さすが映画監督。ちょっと俺には理解できないこだわりだ。

「そういうことならありがたく座らせてもらうけど……」

　しかし、俺の隣にリリテアの分の席が空いていなかった。そのことがわかるとゆりうは目に見えて「しまった！」という顔をして頭を抱えた。

「ごめんなさい！　ツメが甘かったです……。そ、それじゃリリテアさんはここにどうぞ！　大丈夫です。あたしは他の席を探しますから……一人寂しく……」

　彼女は席から立ち上がると、どうぞどうぞとリリテアを促す。しかしさすがに監督と主演女優を押しのけて座るわけにはいかない。そもそも本人も寂しそうな表情をまったく隠せていない。

「ゆりう様、お気になさらないでください。私が移動しますので」

　リリテアもそのあたりは当然心得ていて、そつなくゆりうを着席させ、踵を返した。

「では朔也様、お達者で」

「お達者でって……あの、リリテア……俺のポップ……コーン……」

「はい？　これは全部私のものですが？」

　我が助手はさっきのことをまだ怒っていたようだ。

そうこうしていると、鳥保監督が照れ臭そうにスクリーンの前に出てきて簡単な挨拶を始めた。

今日の天気の話。楽屋落ち的なジョーク。そして完成までの苦難の道のり。

裏方気質の鳥保監督の挨拶は達者なものとは言い難かったけれど、苦難の最たる部分を共有した身としては、彼の言葉はなかなか胸を打つものがあった。

「好むと好まざるとに関わらず、映画は時代を映し取ります。そう言った意味では、その……今はもうない水島園の日輪観覧車を今回フィルムに収めることができたのは個人的にも嬉しいことであり、意義のあることだったと――」

試写後には俳優陣からの挨拶も予定されていた。

拍手と共に監督が引っ込むと、音もなく照明が落ちた。通ぶるつもりはこれっぽっちもないけれど、映画が始まる前のこの雰囲気は嫌いじゃない。手元にポップコーンと炭酸飲料の一つでもあれば最高だったのだけれど。

と、スクリーンに映像が映し出されるまでの束の間の静寂の中、ゆりうが俺の二の腕あたりをちょんちょんとつついてきた。反応してそちらを向くと、彼女の顔がすぐ近くにあった。

「あの香水、つけてきてくれたんですね」

ささやきが耳を撫でる。

「ああ、うん。エチケットとしまして」

「ぷっ……！　なんですかそれっ」

さすがに少しドキマギしてしまって、ずれた返答をしてしまった。

ゆりうは周囲に聞かれないように笑い声を押し殺し、「うくくー」と無邪気に笑った。

改めて、驚くほど綺麗な女の子だと思った。今日のこの場が彼女にとっての晴れの舞台だからだろうか。いつもとは違って大人びてさえ見える。

「プレゼント、ありがとう」

遅れて礼を言うと、自分が距離を詰めすぎていたことを自覚したらしく、ゆりうは慌てて俺から体を離した。

「い、いいんですよ。お礼ですから。お店で悩みすぎて時間かかっちゃいましたけど」

「香水なんて普段つけないからちょっと落ち着かないけど……でも、そう言えばこの香りって……」

実はこの香水の香りにはなんとなく覚えがあった。けれど言いかけて俺はやめた。以前どこかで嗅いだ記憶があるような気がする――と言おうとしたのだけれど、一生懸命選んでくれた彼女に「すでに身近な誰かがつけていたかも」なんて趣旨のことを伝えるのは、少々デリカシーに欠ける気がしたからだ。

なので「でも、お礼って？」と、話題を変えてみた。

「それはもう、色々ですよ。師匠にはクルーズ船で助けてもらったし、撮影中の事件の時もだし……それに、師匠はあたしの師匠になってくれました」

「師匠の件はかなり強引だったような気もするけど」

「はい。強引に口説き落としました」

愛らしき新人女優は胸を張る。この子の場合、こういうことを言っても少しもいやらしく見えないのだから不思議だ。

「だけど師匠を見ていて、おかげで探偵ってどういうものだか前よりも少しわかったような気がします」

「どうわかったの？」

「探偵ってパイプ片手に難しい顔でじっと犯人のことを考えてるってイメージでしたけど、現実の探偵は事件が起きるたびに身体中(からだじゅう)傷だらけになって、何度も死にそうな目に遭うものだったんですね」

「その認識は間違っている」

それはごく一部の悪(あ)しき例外だ。

「えへへ。じゃあ間違っていいです。あたしは師匠だけをお手本にしますから。今後ともご指導よろしくお願いします」

「人様を指導できるような立場じゃないんだけど、俺でいいなら。でも危ないことはさせられないからな」

「すみません。師匠にはいつも助けられてばっかりで……。あたしもリリテアさんくらい強かったらよかったんですけど」

「キミまであんなに強くなられたら俺の立つ瀬がないよ。ゆりうちゃんは今のままがいい」

朗らかで健やかで健気で愛くるしい女の子。ついでに犬っぽい。

うんうん。やっぱりそのままがいい——と一人でうなずいていると、ゆりうの顔がポッと赤くなった。

「あの、それって、いざとなったらまた身を挺して守ってくれるっていうことですか？」

「えっと……まあ、いざとなったらね。守るよ」

その時は身を挺してと言うか、文字通り身を犠牲にすることになりそうだけれど。

ゆりうは顔を赤らめたまま、揶揄うような表情を見せた。

「もしかして師匠って、そうやっていろんな現場で思わせぶりなことを言って、女の子の密室を次々と解き明かして回ってるんですか？」

「ひどい誤解だ」

なんだ女の子の密室って。

「自覚ないんですねー。あたし、探偵だけじゃなくて師匠のこともわかってきた気がします」

「待ってくれっ」

そこでパッとスクリーンに映像が映し出された。いよいよ始まるらしい。弁解の機会を逃してしまった。けれど本編が始まる前にこれだけは言っておく。

「俺もゆりうちゃんのことがわかってきた気がするよ」

「え？」

「かわいい顔して意外とトゲを隠し持っている」

反撃のつもりだったのだけれど、俺の言葉を聞いた彼女は一瞬の間の後、人差し指を自分の口元に当てて微笑(ほほえ)んだ。

「内緒でトゲに刺されてみる？」

「俺にいつも思わせぶりなことを言う、なんて言ってたけど……その言葉、蝶々(ちょうちょう)結びで返すよ」

俺たちは互いの冗談にクスクスと笑った。

さあ、弟子とのイチャイチャはこれくらいにして映画に集中するとしよう。あれだけの苦労の末に完成した映画だ、ありがたく隅々まで鑑賞させてもらおうじゃないか。

映画は、主人公のうずらの日常描写から始まった。

普通の高校生らしい生活が、映画らしい長回しで撮られている。

スクリーンに映るゆりうはまるで別人のようだった。

思わず隣をチラと見る。そこに本人がいる。不思議な感覚だ。

こっちの視線に気づいた現実のゆりうと目が合った。

彼女は照れ隠しのように舌を出した。

それから映画の場面はメインとなる事件の現場へ移っていく。

登場人物も出揃(でそろ)い、劇伴がドラマを盛り立てる。

映画はそこから徐々に熱を帯びて——。

と期待していたら突然スクリーンが真っ暗になってしまった。

「あれ？」

当然、劇場内も真っ暗闇になってしまう。家でテレビを見ていたら突然停電にあった時のような感じだ。

皆がざわついている。

「こういう演出？」と、ゆりうに尋ねかけた時、監督の声がした。

「おい、どうした！」

「すみません！　機材トラブルです！」

離れた場所でスタッフが謝っている。暗闇なので声だけの応酬だ。

この映画、どこまでも災難続きだ。

それでも少し待てば上映も再開されるだろう。イライラすることもない。

映画が止まっても別に死ぬわけじゃなし。時間はあるのだから、期待しつつのんびり待たせてもらうとし──。

□

目を覚ますと、目の前にリリテアの著しく整った顔があった。

俺が目を覚ましたことを確認すると、彼女はこちらに顔を近づけて甘くささやいた。

「蘇(おかえ)りなさいませ、朔也(さくや)様」

「……え?」

俺は一瞬状況が把握できず、慌てて体を起こした。そこは試写会の劇場で、俺は自分の席に座っていた。リリテアは左隣に座っている。そこで俺のことを膝枕していたようだ。

スクリーンでは映画が上映中だ。確かトラブルで中断していたはずだが、今ではそれも解消され、上映が再開されている。

場面はうずらが事件を推理しようと頭をフル回転させているシーンだ。

『この事件の犯人は一体どうやって被害者の背後に忍び寄ったんでしょうか。私、ちっともわかりません！　お家帰りたい！』

この頼りなさも女子高生探偵うずらの特徴だ。

「犯人……」

そのシーンを見たおかげで俺の記憶が呼び覚まされた。

「……そうか、俺……殺されたんだ」

口元に手を当て、ただ虚空を見つめる。それは己の死を受け入れるために必要な時間だった。

「また殺されてしまったのですね、朔也様」

「……そうらしい」

「あ、師匠、起きたんですか？」

リリテアとは反対側からふいにゆりうが声をかけてきた。

「よっぽど疲れてたんですね。もうすぐラストシーンですよ」

「……ごめん。その……なんともなかった？」

「なんともないですよー。師匠、途中で眠っちゃったんですよ」

どうやら彼女は俺が隣で殺されていたことに気づいてもいないようだ。

「ほら、さっきトラブルで真っ暗になってた間に。映画が再開したら目を閉じてぐったりしてたので起こそうかとも思ったんですけど、お仕事で疲れてるのかなって思ってそっとしておいたんです。そしたらリリテアさんがそっとやってきて」

「どうしてもとお願いして席を代わっていただきました」

　リリテアは自分の座る席を指して言った。左隣の席に座っていたのが誰だったかよく覚えていないが、偉い人でないことを願おう。

「さすがリリテアさんです。離れた席にいても師匠の様子の変化を見逃さないなんて。それに、その、膝枕まで」

　ゆりうは何やらもじもじしている。

「なんか変な表現ですけど、あたし、聖母を見てしまったって感じがして」

「聖母？」

　彼女が何を言わんとしているのかよくわからない。

「ほら、師匠の寝顔を見ている時のリリテアさんですよ。あんなに優しい顔で――」

「ゆりう様、何かの見間違いでは？　この通り劇場内は暗いですし」

「え？　じゃあ頭なでなでの件は？」

「リリテアはそんなことしてな――してないもん！　してないですからね？」

　前半の「してないもん！」は俺に、「してないですからね？」はゆりうに向けられていた。

「ほらゆりう様、映画に集中しましょう。せっかくの試写ですから」

「そ、そうでした。あ、あたしの決め台詞のシーンが終わってるぅ……」

　ガックリ肩を落としながらも、ゆりうは改めてスクリーンに向かった。それを確認してから俺はそっとリリテアに耳打ちした。

「それで、俺は誰にどうやって殺された？」

「何らかの毒物を注射されたようです。首筋に注射痕がございました」

　言われて思わず首元に手を回す。

「何もお気づきにならなかったのですか？」

「あの時……フィルムが止まって真っ暗になってた時だ。俺、誰かに眠らされたんだよ。こう、暗闇の中、突然背後から何かを嗅がされて……」

「クロロホルムでしょうか。申し訳ございません。すぐに察知することができず。朔也(さくや)様は目を離すといつもあの手この手で殺されてしまわれますので、常日頃から目を離さぬようにしておりましたのに」

「それについてはこちらこそ申し訳ない限りだよ」

「照明が戻り、上映が再開したところで朔也様のご様子を振り返ったところ、ぐったりとしていらしたので嫌な予感がしました」

　リリテアの観察眼ならば、俺が居眠りをしているのかそうでないのかくらいはひと目でわかっただろう。

「おそばに寄って確かめたところ、すでにお亡くなりになっておりました。不覚です」

「いや、無理もないよ。離れた席にいて、しかも真っ暗だったんだから」

実際隣のゆりうすら気づかなかったのだ。

「でもまあ、だけど仮に暗闇じゃなかったとしても、見逃していたかもね。リリテア、手元のポップコーンに夢中だったみたいだし」

そのように指摘するとリリテアはわずかに眉を動かし、それから心外だと言うように身を乗り出してきた。

「朔也(さくや)様、私(わたくし)は肝心な時におそばにいられなかった不甲斐(ふがい)ない助手です。お叱りは甘んじて受けましょう。ですがそのような憶測で名誉を貶(おとし)められては黙っているわけにはまいりません。何を証拠にそのような」

彼女には彼女の矜持(きょうじ)というものがあるらしく、その憤慨度合いはなかなかのものだった。

彼女の言葉を身に受けながら、俺は言うべきかどうか迷っていたことを口にすることにした。

「だって口元に証拠品(食べカス)がついてるから」

「ふふふ。なかなか面白い駆け引きですね」

しかしリリテアは余裕の表情だ。片手を口元に持ってきて優雅に笑っている。

「……今笑いながらさりげなく口元拭ったよね？」

顔も赤いし。

それはそれとして、俺は自分の座席の背後を確かめた。そこには一・五メートルほどの通路が通っている。俺の座る横列はちょうど座席のブロックの切れ目なのだ。

何事もなかった風を装って体勢を元に戻し、そこから俺たちはスクリーンに視線を向けたまま会話を続けた。

「誰かがあの暗闇を利用して俺の背後に忍び寄った……か」

スタッフはすぐに直せると踏んでいたのか、あの時トラブルの間しばらく劇場内は暗いままだった。

「劇場が完全に暗かったのは何分くらいだった？」

「せいぜい五分ほどでした」

「それだけあれば犯行は充分可能だな」

「しかしどうして朔也様はこう、次から次へと命を狙われるのでしょう？　そればかりか、いつもしっかりと殺されています。うかつです」

「俺が聞きたいよ」

まさか映画館で殺されるとは予想していなかった。映画を見る時くらい安心させて欲しいものだ。

「それで、何か思い当たる節はないのですか？」

「殺されなきゃならないような心当たりなんかないよ。……ないよね？　俺って自覚がないだけで、あちこちで恨みを買ってるクズ人間ってことはないよね？　もしそんな雰囲気があるなら黙ってないで言ってくれよ？」

「無自覚な体臭を気にするサラリーマンみたいなことを言わないでください。まあ、たまには今日のように香水でも振って、もう少しご自身に気を遣われてもよいかとは思いますが」

「そういうのには疎くってさ。自分で買いに行くのも恥ずかしいし」

「ふーん」

ふーんってなんだ。一応俺は探偵で君助手だぞ。雑すぎるだろ。

「それなら……今度リリテアが朔也に合いそうなのを適当に買ってきてあげても……いいけど」

「いいの？　実は最近死臭でも漂ってるんじゃないかって密かに気にしてて……って、俺たちなんの話してたっけ？」

「オホン……話を戻します。犯人の居所についてです」

「そんな話してたっけ？　まあいいか。それで？」

「朔也様が永眠された後から現在まで、劇場の出入り口の扉はまだ一度も開いておりません」

「そんなこともチェックしてたのか」

「少しでも扉を開けば廊下の明かりが差し込むので一目瞭然です。私がそれを見逃す道理はございません」

「つまり、俺を毒殺した犯人はまだここにいて、映画を楽しんでるんだな」

「上映が終わって皆様が一斉に劇場を出る時、その流れに紛れてここから逃亡するつもりなのでしょう」

「うーん……しかし彼女は一体俺に何の恨みがあって……」

考えるほどに、本当に今日こんなタイミングで殺されるような心当たりがない。

「……朔也様、今なんとおっしゃいました？」

「ん？」

「彼女と言いましたか？　犯人は女性なのですか？」

「あ、ごめん。言いそびれてた。うん。そうだと思う。眠る直前、聞いたんだよ。犯人の声を。あれは女性で間違いないと思う」

映画の物語は刻一刻と進行し、ラストシーンに近づきつつあった。

女子高生探偵うずらは現実の俺とは違い、すでにホテルでの恐ろしい事件を無事に解決し、元気いっぱいに正面玄関から外へ飛び出そうとしている。

「そういうことは最初に言ってください。人のポップコーンがどうのと言う前に」

まだ根に持っている。

「ごめんごめん」

「それで、犯人はなんと？」

俺は薬品の匂いと共に残っている記憶をたぐりながら、耳にした言葉を繰り返した。

犯人は確か、こう言っていた。


――観覧車を切らないのが悪いんだ。


「観覧車……？　遊園地にあるアレですか？」

「だろうね」

「切ったりできるものなのでしょうか」

「ハサミやナイフじゃ無理だろうね」

「何かの暗号ですか」

「多分わかる人にはわかるんだよ。これで」

「見当はついていると？」

「うん。生き返ってからこの言葉の意味を色々考えていたんだけど、一つ思いついたよ。それについてリリテア、キミを見込んで頼みがあるんだけど」

「はい」

いい返事だ。リリテアの眼差しには、どんな難題も危険な任務もこなしてみせるという意気込みが感じられた。

「この映画の残りを俺と一緒に見てくれ」

「……はい？」

彼女は拍子抜けした人の見本のような表情を見せた。怜悧な印象のある彼女がそんな顔をすると、端的に言って非常に可愛らしいものがある。

「じっくりと。隅々まで」

「そんなことで、いいの？」

「頼むよリリテア。一緒に映画を見よう」

「別に、いいけど。暇だし」

なぜかリリテアはデートの誘いを渋々の体でＯＫする女子のノリだ。


それからは言葉通り、二人で真剣に映画を観た。というより、視た。

少ししてから、ある場面の、ある風景がスクリーンに映し出された。

屋外で撮影されたシーンだ。

そのシーンを目にした後でリリテアは納得したように小さく肯いた。

「朔也様。こういうことだったのですね」

「らしいね。うん」

俺も同じように肯き、それから確認するように自分で自分の匂いを確かめた。そんな俺の様子を見てリリテアが袖を申し訳なさそうに引いてくる。

「もしかして、さっき私が言ったことを本気で気にしているんですか？　あれはそういう意味じゃないですからね？」

「え？　ああ、本気で体臭をチェックしてるわけじゃないよ。犯人が俺を殺した理由について考えてたら、今更ながらに一つ思い出したことがあってね。それを確かめただけ」

で、確かめた結果、間違いなさそうだとわかった。

「そう。それならいいのですが」

変なところで優しいな。

「リリテア、この後の手筈だけど」

「心得ております。私は一足先に」

「ああ」

我が助手は音もなく席を立ち、するすると通路へ出ていった。

その場に残った俺は、残りもわずかとなった映画を最後までじっくりと鑑賞した。

うん。いい映画だ。

と、何気なく隣のゆりうを見ると、彼女はだばーっとよだれを垂らして眠っていた。

おい主演女優。もうじきエンドロールだぞ。

二章　劇場椅子探偵とでも評しましょうか

リリテアに遅れること数分。席を立ち、俺も犯人の席へ向かった。

途中で席を立った俺に、後ろの席の人たちが少々冷たい視線を浴びせてくる。場内の男女比率は六：四くらい。

薄暗がりに目を凝らしながら探す。

いた。リリテアはすでに最後列のとある席に座っている。

一目で俺は確信した。彼女の左隣に座っている人物が犯人だ。

スーツの上着を脱いで肩にかけ、そちらへ近づき、声をかける。

「隣、いいかな？」

相手があからさまに身を固くするのがわかった。まあ、正常な反応だ。

俺は相手の了承を待つことなく、空いていた左隣の席に座った。

リリテアと二人で犯人を挟むように。

「……誰？」

「ついさっきキミに殺された者だよ」

「あんたなんか知らない」

少年はキッパリと俺の言葉を否定した。年齢は小学校、いや中学一年生といったところか。髪は耳が半分隠れ、目にかかる程度には長い。

「こっちのメイドも仲間？」

その年代の少年特有の高くて少し不安定な声。確かにあの時耳元で聞いた声だ。

あの声は女性ではなく、声変わり前の少年の声だった。

「わけわかんない。あんたたち、一体なんなの？」

「だから俺だよ。俺俺」

「詐欺師？　警察呼ぶよ？」

その声はわずかにハスキーながら高くて妙に可憐（かれん）で、女の子の声みたいだった。

「警察呼ばれて困るのはどっちかな。これでも知らない？」

俺は脱いでおいた上着を少年に投げ渡した。思わず受け取った彼は一瞬で俺の言わんとするところを理解したらしく、表情を強張（こわば）らせて——俺の上着を顔に持っていって匂いを嗅ぎ始めた。

断っておくけれど、別に俺の体臭が特別な匂いで、ある種の性癖を持った人を夢中にさせる——なんてことはない。

彼が嗅いでいるのは今日俺がつけていた香水の匂いだ。

「匂うだろう？　鳥保（とりほ）監督と同じ香りが」

彼はそのスーツと俺とを交互に見てから、虚脱した。

「なんだよ……まさか、そんなのって……」

まだ成長過程にある華奢な体が座席からズルズルと滑る。彼も理解したようだ。

「そう。人違いだったんだよ。あ、上着返して。……ちょ、そんなに引っ張るなよ。の、伸びちゃう！　伸びちゃうから！」

どうにかこうにか少年から一張羅を奪取し、改めて袖を通す。

「キミ、名前は？」

「……棗」

茫然としている最中だったからか、彼は案外素直に名乗ってくれた。

「俺は追月朔也。探偵をやってる」

「探偵……？」

彼は、難解な現代美術作品を見た時のような、なんとも言えない胡散臭げな表情を俺にむけた。

「棗くん、キミの本当の標的は鳥保監督だった。だけど暗闇の中、監督と俺を間違えて襲ったんだ」

「そう……らしいね……」

「やっぱりそうか。キミ、試写前にロビーで監督がどのあたりに座るか事前に調べておいたんだろう？　そして監督の挨拶も終わっていよいよ試写が始まるって時になって、キミは遅れて劇場に忍び込んだ」

説明しながら少年の表情の変化を窺う。目立った変化は見られなかったけれど、一つ気づいたことがある。この子、とんでもない美少年だ。

この年齢の、ある時期にだけ立ち現れる中性的でどこか儚げな美しさの中に、ともすれば躊躇いなく破滅へ向かいかねない危うさと激しさも感じる。

もしかするといずれかの出演俳優の息子なのかもしれない。となると今日の試写会に忍び込むにしても、まったくの一般人よりは容易かっただろう。

「だけど申し訳ないことに、色々あって直前で監督が座る手筈になっていた席に俺が座っちゃってたんだ。その上、今日俺が着てきたこのスーツが鳥保監督のスーツとシルエットがよく似てた。これ、古めかしいタイプなんだ」

おまけに座っていたら体格の違いもわかりづらい。スクリーンからの逆光で浮かび上がった体の輪郭。暗がりの中、遠目から見ていたら、さぞ勘違いしやすかっただろう。

「そしてキミはあのトラブルで場内が真っ暗闇になった時、この機を逃す手はないと行動を起こした」

背後に近づいて匂いで標的を識別し、襲った。

「その通りだよ。だけどギリギリまで迷ってた……。あんなトラブルでもなかったら……

多分俺は行動になんて移してなかった」

その様子を見るに、迷っていたというのは本心だろう。けれど目の前に絶好のチャンスが到来してしまい、それが一人の少年を犯行に駆り立てた。

「あの時は真っ暗になっていたけど、鳥保(とりほ)監督の香水は独特だから嫌でも印象に残る。キミはその匂いを頼りに近づいたんだな。でもそれについても申し訳ない。今日の俺は、偶然にも監督がつけているのと同じ香水をつけていたんだ」

この二つの——棗(なつめ)にとっては不幸な——偶然が重なってしまったせいで、彼は殺害対象を間違えた。

「あんなに計画したのに……間違える……なんて。でもそうなら……あんた、なんで生きてるんだ？　俺は確かにこの手であんたに毒を……不死身？」

「俺は断じて不死身なんかじゃないよ」

「毒の調合が甘かったのかな……」

自家製なのか。怖いよ。俺は一体何を注射されたんだ。

「安心していい。今のところキミを警察に突き出すつもりはない」

「見逃すって言うの？」

「キミの動機次第だ。棗くんがどうしようもないクズ少年なら、今後のことを考えて法的にきっちり償ってもらう。でもキミの行動理由が切なるものだったら見逃してもいい」

「……あんた、朔也（さくや）だっけ」

「礼には及ばないよ」

「なんかその提案怖いんだけど。相手に異常な二択を迫って、答えが気に入らなかったらあっさり殺しちゃうヤバイ殺人鬼って感じ」

確かに。言われてみるとその感じもちょっとわかる。だが人を毒殺しちゃう少年に言われたくない。

「で？　なんで監督を狙ったんだ？」

「シンプルな話さ。この映画を公開中止に追い込んでやりたかったんだよ」

「観覧車のシーンが気に入らなかったから？」

そう言うと彼は顔色を変えて改めて俺の方を見た。

「……探偵って話、本当みたいだね」

図星だったようだ。

「ありがとう。でもキミが俺に言ったことだよ。『観覧車を切らないのが悪いんだ』って。本当はそれ、鳥保監督に言ったつもりだったわけだけど、実際その言葉を聞いたのは俺だった。で、俺には最初それがなんのことだかちょっとわからなかった。だけど、あの言葉が監督に向けられたものだとしたらと考えて、なんとなく理解できた」

俺は片手でチョキを作って閉じたり開いたりしてみせた。

「キミの言った『切る』って言葉は、映画の編集で必要のないシーンをカットして削除することを意味してたんだ。フィルムをカットする。テレビのバラエティ番組なんかでも時々タレントがおちゃらけて言うよね。今のシーンは切って(カット)くださいって。つまりキミは監督にどうしても観覧車のシーンを削除(カット)して欲しかった」

それがわかったあとは、リリテアと二人で劇中に観覧車が映り込むシーンを探すだけだった。もしなければ、そのシーンは俺が殺されている間に過ぎてしまっていたことになる。その時は後で監督にお願いして、改めてフィルムを確かめさせてもらうつもりだったのだけれど、最後にそれはちゃんと登場した。

それは具体的に言うと、古い路地を望遠で撮影したシーンだった。

まっすぐ延びた路地を歩き去っていく女子高生探偵うずら。

その向こうに例の観覧車が印象的に映っている。

観覧車の輪の中には――夕日が見事に収まっていた。

監督も上映前の挨拶で触れていた観覧車だ。

それは特定の時刻、特定のスポットからしか撮影できないショットで、そのことから日(にち)輪(りん)観覧車と呼ばれている。

通行人の人々はエキストラとは思えない自然さで日常を送っている。

そんなシーン――の画面手前に、棗(なつめ)が映り込んでいた。

それは意識して見ていないと気づけないほどわずかな間で、いくらかピンボケもしていた。けれど、確かに彼だった。

「キミは、正式にオファーを受けてエキストラとして出演した……わけじゃないんだよね？」

尋ねると、彼は即座に肯いた。となるとあのシーンは、現場の責任者に無許可で撮影を敢行したいわゆるゲリラ撮影だったわけだ。

「つまりキミの隣にいた女性も、意図せずフィルムに映り込んでしまったわけだ」

シーン途中、寄り添うように建物から路地へ出てきて、そのまま人目を忍ぶようにして手前に向かって歩く棗と――妙齢の女性。

女性の方は目深に帽子を被っていて顔はよく見えなかった。けれど、そのシルエットや歩き姿から一般の、ただの女性とは思えなかった。

「これは完全な推測なんだけど、もしかして女優さん？」

「夕夏は……何も悪くないんだ」

呼び捨てだ。いや、それよりも――。

「夕夏って、え？　まさか柳井夕夏？」

確か近い将来ブレイク間違いなしと言われている演技派の若手だ。

少年は言葉なく、ただ肯いた。

これにはさすがに驚いた。なぜって、二人が出てきた建物が、いわゆるラブホテルだったからだ。

「言っとくけど、何もなかったからな。夕夏はこの大事な時期に考えなしで行動するようなバカじゃないし、俺だって……」

「ああ、細かく話さなくていいよ」

聞かされてもどうしていいかわからない。

歳の差、互いの社会的立場――。

そういうことは今はどうでもいい。正すつもりも、責めるつもりもない。

ただ惹かれ合う二人が秘密のデートをしていて、よりにもよってその模様が映画のフィルムに焼きついてしまった。それが全てだ。

「あのシーン、もちろん俺たちは撮られてるなんて気づかなかった。だけどあのまましばらく道を進んだ先で、カメラを見つけちゃったんだ。夕夏がすぐに察したよ。それが映画の撮影クルーで、今まで何かのシーンを撮ってたんだって。俺たちも込みでね」

その察しのよさはさすが女優というわけだ。

「俺、その場に鳥保監督もいたのを見かけてたから、後日何度もあの人の事務所に電話して、鳥保監督に頼んだんだ。観覧車のシーンをカットしてくれって。だけど聞き入れてもらえなかった」

「歳の離れた恋人との逢引が映っちゃったからって？」

「そんなこと、業界人に言えるわけないだろ」

それはそうだ。

「当然監督も理由を知りたがっただろうけど、キミは肝心の理由をバカ正直に話すわけにもいかなくて、ただカットの要望を出すことしかできなかったわけだ」

それでは聞き入れてもらえるはずもない。

「大事なシーンだから絶対カットはできないって言われたよ」

「どうも監督のこだわりの一つみたいだったし、簡単に承服してはくれないだろうね」

それにあの観覧車、確か撮影後に取り壊されて今はもうなくなっているはずだ。今からではもう撮り直しも利かない。

「だけどキミはともかくとして、柳井夕夏さんの方は帽子で顔を隠していたし、特定はされないんじゃないか？」

「だとしてもだよ。絶対安全だなんて言い切れる？　責任持って言える？　この映画がこれから全国で上映されちゃったら、いつか誰かが気づくかもしれない。映画は永遠に残るんだ。そうだろ？」

「そうだね」

簡単に言い負かされてしまった。

「そんなことになったら夕夏の女優としての未来はおしまいだ……。夕夏はきっとこれからすごい大女優になる。それなのに俺とのことなんかのせいでそれが閉ざされたら……。だから……」

「もういっそ映画自体を公開できないようにしてやれと？」

監督が試写会で殺害されでもしたら、今度こそお蔵入りになるだろうか？

門外漢の俺には業界の判断基準やルールはよくわからない。だが『女子高生探偵うずら』はすでに撮影中にも事件が起きている。ある種曰く付きの作品だ。曰くも重なれば、今度こそ公開中止ということもあり得たかもしれない。

「でも、それも失敗しちゃった……。俺は好きな人を守れなかった」

少年はこの世の終わりのように項垂れていた。その様は俺にはいささか大袈裟にも映り、なんだかくすぐったいような感覚だった。

「純愛、ですね」

ちょっとびっくりするような感想を口にしたのはリリテアだった。彼女は座席からわずかに身を乗り出し、感心したように棗に向かって肯いていた。

「誰にも相談できず、頼ることもできず、それでも恋人を守りたいという切なる想いで行動を起こしたのですね」

「う……うん。……はい」

なんだか少年の態度が俺の時とまるで違う。納得いかない。

「リリテア……あのさ」

「朔也様」

「だから――」

「朔也」

なんだよその必死そうな顔は。

「えーっと……そう言えばこの映画って、撮影中にとんでもなくヤバい事件が起きてたんだっけ。なんでも映画会社が裏で手を回して無理やり撮影を続行させて、それでなんとか完成させたらしいんだけど」

俺はなんでこんな回りくどい言い方をしているんだろう。

「だからもし俺がうっかりそのことを世間に公表しちゃうかもって監督に言ったら、一つくらいは言うことを聞いてくれるかも。例えば、とあるシーンに偶然映り込んじゃった柳井夕夏の名前を、友情出演として正式にエンドロールに表記する、とか」

そう言った瞬間、リリテアの表情が明るくなった。

「そうですねっ。公式に出演したということにしてしまえば、全ては演技になります」

「うん。監督だけは事情を察するかもしれないけど、それもちゃんと口止めをすれば大丈夫だよ。あの人、この映画を公開することに命を懸けてるって様子だし、逆にこんなスキヤンダルを表沙汰にしてケチをつけられたくないはずだ」

「あとは柳井夕夏のカメオ出演はキャストやスタッフにも内緒で監督が仕掛けたことだった、ということにしてもらえば万事問題はありませんね。サプライズですね」

リリテアは両手を胸の前で組んでうんうんと肯いている。

「ったく、リリテアは女の子だなあ」

棗の方はまだ信じられないという様子で俺の顔を見ている。

「水に流すっていうの？　本気？　あんた、お人好しすぎない？」

「疑うなら今すぐにでもちゃぶ台をひっくり返すけど？」

「ああ、うそうそ！　し、信じるよ！　その……毒殺してごめんなさい」

変な謝り文句だ。

その時、照明が灯ってあたりが明るくなった。

試写が終わったのだ。

□

試写に続いてステージ上では俳優陣の挨拶が始まった。けれど俺とリリテアはそれを見ることなく劇場の外へ出た。

棗をそっと見送るためだ。彼は健気に見えるほど深々と頭を下げると、何かに急かされるようにクリムゾン・シアターを後にした。今日この場所で何があったのかを語るために、愛しい人に会いに行ったのかもしれない。

棗の姿が見えなくなると、リリテアが得意げにこんなことを言った。

「朔也様、今回もまた命拾いをしましたね」

なるほど、俺の場合はそういう使い方になるのか。

命を落として、改めて拾う。難儀な体質だ。

「何にせよ俺たちの推理で騒ぎにはならなかったし、二人で一人前の面目躍如だな。レッツエンドロール！」

「そのダサいシリーズ嫌いです」

「ご、ごめんなさい……」

「あ、その顔は好き」

おい助手。愛情が歪んでるぞ。

「ですが実際見事な安楽椅子探偵ぶりでした。いえこの場合、劇場椅子探偵とでも評しましょうか」

なかなか上手いことを言う。

「せっかくのリリテアからのレアな褒め言葉、素直に受け取っとくよ。さてと……」

今頃ステージでは、寝起きのゆりうが焦りながら挨拶をしている頃だろう。

「今からでも中へ戻りますか？」

「そうだな。だけどその前にちょっと買い物。リリテアは先に戻ってて」

リリテアと別れ、俺は誘われるように売店へ足を向けた。

一度焦らされているせいで、すっかりポップコーンの気分になっていたのだ。

けれど売店には別の女性客がいた。年齢は多分俺と同じか、少し下くらい。足元のハイヒールでかさ増しされている分を差し引くと、かなり小柄な女の子だ。

彼女の髪は目の覚めるような美しい金髪で、身を包んでいる真紅のドレスは今日見た他の誰のものよりも高価そうだった。高価なだけじゃない、その赤はクリムゾン・シアターのすべての紅を色あせさせるほどに際立っている。

今日の試写会の関係者だろうか？　しかし俺たちのような特殊な事情もなく、このタイミングで食べ物を買いに出てくる人間が他にいるとは思えない。

「お待たせしました」

「ありがとう」

彼女は店員から優雅にポップコーンを受け取ると、軽やかに百八十度ターンを決め――。

「きゃああッ!?」

後ろに並んでいた俺に気づいて悲鳴をあげた。彼女は驚いた拍子にポップコーンを盛大に床にぶちまけてしまう。

「ええ……」

何が何だかわからず、俺はその場で固まってしまった。相手もそうだったようで、数秒睨み合いが続いた。

もちろん、というのも変だけれど、俺の方から折れた。

「その、なんかごめんなさい」

「あなた！　いきなりシャルの背後に現れるなんてどういうつもりよ！　ちょ、ちょっとだけ驚いてしまったじゃない！」

あれがちょっと？

「いや、驚かせるつもりはなかったんだけど。というか、売店で後ろに人が並んでただけでそこまでビビる？　悪かったなーとは思ってるんだけどさ」

「し、仕方ないでしょ！　シャル、びっくり系には弱いんだから……」

「びっくり系？　びっくり箱とか？　いきなり池の中から手が出てくるホラー映画とか？」

適当な例をあげてみせる。彼女はまさにそうだと言うようにコクコク肯いている。雰囲気も物腰もいかにもお嬢様という感じだけれど、肝っ玉は小市民らしい。

「そうは言ってもここは映画館だし、死角に他の人がいるかもくらいの想定はしてもよさそうなものだけど。ここが自宅のバスルームだって言うなら話は別だけどさ」

「どうしてシャルがビクビクと他人の動きを想定しなければいけないの？」

「いや、だって」

「周りが、いえ世界がシャルを想定して、驚かさないように動けばいいじゃない」

「……そうだね。その通りだ」

面倒くさくなってきたので適当に話を合わせることにした。

「お詫びに落としたポップコーンを弁償するよ」

「え？　シャルに？」

それはほとんど会話の流れというやつで、そんなに変なことを言ったつもりはなかったのだけれど、彼女は世にも珍しい言葉を聞いたというようにポカンとしていた。

「はいどうぞ」

新しいポップコーンを手渡すと、意外と素直に受け取ってくれた。

「……ありがと」

「いえいえ」

と、スマートに決めてから改めて自分の分を買おうとして——今奢ったことで自分の分を買うお金が尽きてしまったことに気づいた。

そう言えば今日の持ち合わせは六百円だけだったっけ。

今からリリテアを呼んで追加のお小遣いをもらうか？　いや、この少女の前でそれは恥ずかしすぎる。

苦悶（くもん）していると、横から見たことのない色のカードが差し出された。

「いいわ。お返しにシャルが施してあげる。特別よ。キャラメル味のでいいのね？」

そう言ってドレスの彼女は俺にポップコーンを奢ってくれた。気の強そうな子なのかなと思っていたが、思いの外優しい。

彼女は近くのソファに座ると優雅に脚を組む。それから遅れて立ちっぱなしの俺に気づくと、隣の席をぽんぽんと手で叩（たた）いた。

「ここ」

言われるままに並んで座る。それからそれぞれのポップコーンをシャクシャクと味わった。

「んー。これよこれ。ここの劇場のこの味のためにわざわざ来たんだから」

「へー、ここのポップコーンって有名だったんだ」

「あなた、知らないで買おうとしていたの？　罪な人ね」

俺は知らずと罪を犯していたらしい。

「テレビかなにかで紹介されてるとか？」

「いいえ。ただシャルが好きなだけよ」

「ええ……」

「シャルの好みを知らないことが罪なのよ」

　彼女は優美に脚を組み替え、ポップコーンを一つずつ摘んでは小さな口に放り込む。

「そう言われても、今初めて会ったキミの好みを俺が知らないのはごく自然なことだと思うんだけど」

「ねえ、そっちはどうなの？」

「え？　キャラメル味の方？　まあ、イケるよ」

「ふーん……」

「……よかったら、食べる？」

　そんなに興味津々の目で覗き込まれたらこう言うしかない。

「別によくもないけれど食べるわ」

　どこぞのお嬢様が俺のポップコーンを美しい指先で次々に強奪していく。

「キミって食いしん坊なんだね」

「失礼ね追月朔也。食に関心がないと言えば嘘になるけれど」

「あれ？　俺、もう名乗ったっけ？」

　俺の問いに答える代わりに、彼女は指先を上品にしゃぶってから薄く微笑んだ。それがかなり妖艶で、少し目のやり場に困った。

「えっと、こっちも名前を訊いていいのかな？　シャル、でいいの？」

「シャルディナよ。シャルディナ・インフェリシャス」

「へえ、最初の七人（セブン・オールドメン）の一人と同じ名前だ」

「そうね。本人ですもの」

「そうなんだ」

「そうなのよ。だけど最初の七人（セブン・オールドメン）だなんて、センスのない呼び方よね。だいたいシャルたちは徒党を組んだつもりなんてないのに」

　俺は聞き逃しも、聞き間違えもしなかった。その個性溢（あふ）れる自己紹介をはっきりと耳にして理解した。その上で、それが冗談なのか本気なのかを考えた。

　この子は今、自分を最初の七人（セブン・オールドメン）だと言った。

最初の七人（セブン・オールドメン）2nd。シャルディナ・インフェリシャスだと。懲役1466年の極悪罪人、脱獄囚、大富豪怪盗（セレブリティ）だと。

　どう出たものか、迷う。

　迷うからこそ、動けないでいる。

　いつからか、遠くでサイレンが鳴っていた。それは徐々にこの劇場に近づいてきているようだった。

「今日はここのポップコーンと、あなた目当てにわざわざ地球を半周してやってきたのよ。追月断也（たつや）が旅客機と客船もろとも死んじゃって、その息子くんは元気に絶望あそばしているかしらと思って」

「……キミはあの船にいたのか？」

彼女はそれには何も答えなかった。だが、ここまで事情を知る一般人はいない。

俺は確信した。今隣に座っているのは紛(まぎ)れもなくシャルディナ・インフェリシャスだ。

脱獄し、日本にやってきた最初の七人(セブン・オールドメン)の内の一人。

全身の毛が逆立つ感覚を覚える。

対してシャルディナは未練もなくソファから腰を上げた。

「満足したし、もう行くわ。シャル、これから中東で用事があるの」

「中東？」

「ある国で内戦が盛り上がっているみたいだから、ちょっと武器を売りに」

「キミは武器商人なのか？」

「ううん。軽い副業よ。商談がまとまったら、その後ついでにアメリカまで足を延ばしてロケットでも買おうかしら」

「ロケットって……宇宙の？」

「宇宙の」

「有人の？」

「有人の。もういくつか持っているんだけれど、色違いも揃(そろ)えたくなっちゃって」

「色違い」

宇宙ロケットをスニーカーか何かと間違えているんじゃないだろうか。金銭感覚が狂っているとか桁違いとか、そういうレベルではない。

「と言うわけだから息子くん……いえ、朔也(さくや)。近いうちにまた」

手の甲で長い髪を肩にかけると、シャルディナは俺をその場に残してしゃなりしゃなりと歩き出した。

「ちょっと……」

動け。追いかけろ。目の前にいるんだ。最初の七人(セブン・オールドメン)が。親父(おやじ)の死――いや行方不明の謎を握る人物が。

俺はエンジンをかけるみたいに太腿(ふともも)を何度も叩(たた)いて自分を立ち上がらせた。

そうだ。ここで逃すわけにはいかない。ポップコーンを摘(つま)みながら世間話をして終わり――でいいわけがない。

つんのめるように走ってシャルディナに追いつき、その肩に手をかけた。

「ちょっと待て！」

「ひぃやぁぁ!?」

シャルディナは悲鳴を上げて地面に座り込んでしまった。

「あ、ごめん」

また驚かせてしまった。なかなかに難儀な子だ。

「だ、だから！　急に！　そーゆーこと！　しないでってば！」

気の強そうな目に涙を溜めて抗議してくる。ポップコーンバケツでガンガン俺の腿を叩いてくるけれど、まったく痛くない。

ご立腹の彼女は胸に手を置いて深呼吸をしてから立ち上がる。

「……今、何かありまして？」

「色々あったけど」

全部なかったことにする気ですか。

「もう……颯爽と立ち去る予定だったのに」

こうなってくるとたまに差し挟まれてくるお嬢様言葉も絶妙に面白くなってくる。が、もちろん笑っている場合ではない。相手は最悪の脱獄犯なのだ。

「キミなのか？　キミがあの旅客機を落として、たくさんの人を……親父を……」

問い詰めようとした俺の口に突然甘みが広がる。シャルディナの手によってキャラメル味のポップコーンを詰め込まれたからだ。

「だから、シャルは忙しいの。そのことはまた次の機会にしましょう。ちょうど見送りの連中も集まってきたみたい」

彼女が一歩踏み出す。自動ドアが滑らかに左右に開く。

いつの間にか外は数十台、数百台の警察車両でごった返していた。

すっかり日の落ちた夜の町が無数のパトランプで照らされている。

「安心して。こんな安いタクシーに乗るつもりはないから。シャルはこっち」

映画館のすぐ目の前に見たこともないロングリムジンが停(と)まっていた。

運転席には鮫(サメ)みたいに凶暴そうな女、後部座席のドアの前にはナイフを髪飾りにした冷酷そうな女。どちらも黒服で、どちらもまともな一般人には見えない。

ナイフ飾りの女が主人のために恭しくドアを開ける。そこからリムジンに乗り込むと、シャルディナはウィンドウを下ろして顔を出した。

手招きするので警戒しながら近づくと、ネクタイを掴(つか)まれた。

「わぷっ」

グイッと顔を寄せられ、彼女の美しい顔が目の前にくる。

直後、シャルディナは俺の顔に何かを吹きかけてきた。

「朔也(さくや)、言おうと思ってたんだけどその香水、最悪よ」

上書きするみたいに吹きかけてきたのは、彼女の私物の香水らしかった。

「それから、奢(おご)ってもらったお礼に一つだけ忠告。女帝(エンプレス)には気をつけなさい」

「女帝……?」

「あら、あなたまだ気づいていないの？　そう。あの子ったら、相変わらず遠回しなことをしているのね。やっぱり気に食わない」

シャルディナは何か思案するような顔を見せる。けれどその両手にはまだしっかりとポップコーンバケツが抱えられている。

「待ってくれ。一体なんのことを……」

「シー。残念。もう時間よ」

「この状況でどうやってここを立ち去るっていうんだ？」

表通りはパトカーで埋め尽くされている。こんなリムジンどころかバイクの通る隙間すらないし、通らせてもくれないだろう。

しかし彼女はまったく問題としていないようだった。

「シャルのやり方を知らないの？　プライベート空港からここまでの道は事前に全部買い取ったから、見える範囲はもうみんなシャルの私道なのよ。だから好きに通るし、邪魔もさせない。誰にも」

買い取った？　道路を？

「ソーリーあそばせ」

突然空に轟音が響き渡る。

詰めかけていた警察官たちが一斉に空を見上げた。

ビルの隙間を縫って現れたのは恐ろしいシルエットをした攻撃ヘリだった。

そいつはなんの警告もなく機関砲を雨のように降らせた。20ミリだか30ミリだかの物騒なやつだ。

密集していたパトカーが次々と蜂の巣になり、メンコのようにバウンドしてひっくり返っていく。

バックミラーやアスファルトの破片が飛んできて、俺の頬(ほお)を切った。

通行人が悲鳴を上げて逃げ惑う。警官たちも建物の陰に隠れた。

約三十秒間、好きなだけ蹂躙(じゅうりん)し終えると、ヘリは空の彼方(かなた)へ飛び去って行った。

嘘(うそ)のように街が静かになった。

「殴るなら、腕力よりも財力。お金持ちでごめんなさいね」

すっかり掃除が行き届き、道は空(す)いていた。

これが大富豪怪盗(セレブリティ)。

「God speed you. 朔也(さくや)」

シャルディナを乗せたリムジンは、腹を見せて黒煙を噴く無数の車両の間を悠々と通り抜けて行った。

「な、なんだ今の音は!?　戦争でも始まったか!?　って、なんだこりゃあ！」

漫呂木(そぞろぎ)が音を聞きつけて表へ飛び出してくる。彼は通りの惨状を目の当たりにして一メートル近く飛び上がった。

俺はただ呆然(ぼうぜん)とその場に立ち尽くしていた。

最初の七人(セブン・オールドメン)の超法規的暴力(エクストラジュディシャル)に足がすくんだ？　絶望した？

いや違う。ただ俺のキャラメル味ポップコーンを見事に持っていかれてしまったことに脱力していただけだ。それだけだ。

「おい朔也(さくや)！　おい！　一体何があった⁉」

「お嬢様が……色違いのロケットを買いに行ったんだよ」

街角のあちこちで真紅の火の手が上がっている。まるでシャルディナの残り香みたいに。

「はあ？　おまえ何言って……。くそ！　本部！　応答しろ！　偉いことになってるぞ！　パトカーが一つ残らず腹を見せて燃えてるんだよ！　これはなんの出動だ？　聞いてないぞ！」

携帯に向かって騒ぎ立てる漫呂木(そぞろぎ)の隣で、俺は上書きされた香水の香りを感じていた。

セブン・オールドメン
最初の七人

セレブリティ
大富豪怪盗
シャルディナ・インフェリシャス
懲役1466年

かつて災害のような大事件を引き起こした大罪人。
名探偵・追月断也によって捕らえられ、現在は某国の刑務所に
収監されているはずなのだが……。

事件三　クーロンズ・ホテルの殺人鬼

KILLED AGAIN, MR. DETECTIVE.

追月朔也

リリテア

灰ヶ峰ゆりう

漫呂木薫太

クーロンズホテル見取図

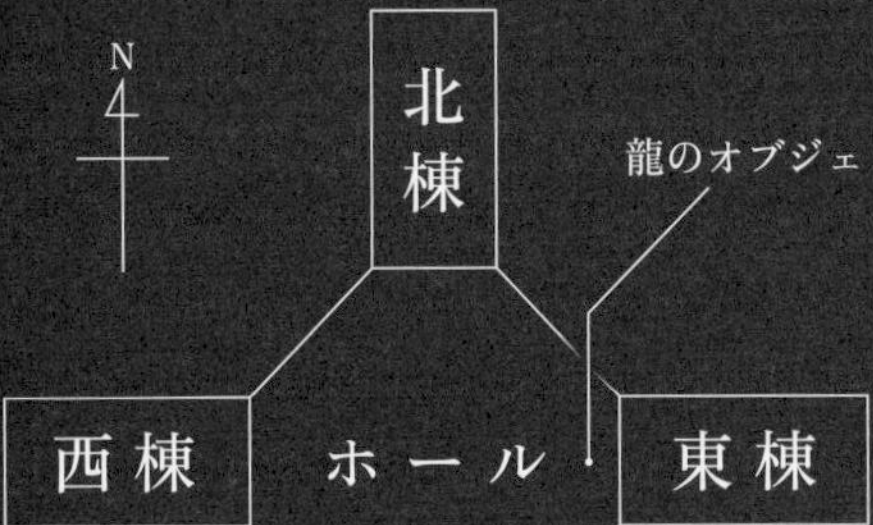

裏切り者は龍の顎に。
邪魔者は鳳の焔に。
強欲者は水底に。
不遑の輩は虎の爪に――

一章　恥ずかしいに決まってます

「北……北……」

汚れた窓ガラスを激しい雨が叩く。

「北……北ってどっちだ？　リリテア、わかる？」

「西の隣です」

「そういうことじゃなくてさあ」

ここ、リトル・クーロンは横浜市の海沿いにある小さな中華街で、追月探偵社からはバイクで二十分ほどの距離にある。住人は戦前からその近辺に居を構えていたオールドカマーによって構成されており、結束が固い。

街は開発に取り残されて古い景観が今も残っていて、日本とは思えない街並みが広がっている。

そんな街の隅にクーロンズ・ホテルは建っていた。

「北枕なんて気にしてどうするんですか。朔也様には無縁の迷信でしょう」

ホテルの部屋に荷物を下ろした俺がまず始めたことは、方角を調べることだった。

「家でも俺が北枕を避けてること知ってるだろう？　気になるんだよ。あ、こっちか！

でも困ったなあ。ベッド動かすしかないか。リリテア、手伝って！」

「一説によれば風水学では北枕は縁起がいいとさえ言われて……いえ、そんなことよりも朔也様、まずは先にシャワーをどうぞ」

「大胆だなリリテア」

「リリテアはそんなつもりで言ったんじゃない！　オホン……風邪を引いてしまいますよ」

　確かに雨で体は冷えている。

「悪かった。ちょっとした軽口だよ。ここのところろくなことがないし、少しでも気分を明るくしようと思ったんだ」

　リリテアに戯けてみせると、彼女はギュッとスカートを握って幾分辛そうな表情を見せた。

　普段クールで物怖じしないリリテアだが、話題によってはわかりやすいくらいに感情を出すことがある。というよりも、出してくれるようになってきたという方が正しいか。

　小さな唇をきゅっと結んで何かを言いたげにしている。そんな彼女を見ていると申し訳なくなってくる。俺はその華奢な肩に手を置いた。

「そんな顔するなよ。俺なら大丈夫だから。とりあえず、くだらない冗談でリリテアを困らせて、もう一度事務所を立て直そうって思えるくらいには」

「朔也様……」

リリテアは労(いた)わるように俺の手の上に自分の手を重ねた。そしてすぐに目を伏せ、その場から逃げるように浴室へと駆け込んでいった。

あんな様子の彼女を見るのは初めてだった。

けれど俺自身もこの一ヶ月の間、初めて見せる姿をたくさん披露してしまったから、おあいこだ。

我ながらあれは本当に不甲斐(ふがい)ない姿だった。


不死の探偵・追月断也(おうつきたつや)が死んだ。

俺の父親であり、追月探偵社の社長であり、世界最高、屈指の探偵が——。

一月前に起きた旅客機ハイジャック、及び墜落事故は、連鎖的に引き起こされたクィーン・アイリィ号沈没と共に、世紀に残る未曾有(みぞう)の大事故として人々の記憶に刻まれた。

死者は今なお増え続け、現在も報道は続いている。

機体の炎上によって遺体はいずれも身元の割り出しに時間がかかり、行方不明者の家族はもどかしい思いのまま日々を送っている。

現場から発見されたとある焼死体が親父(おやじ)の遺体だと判明したのは、つい一週間前のことだった。

そして事故による死者の中に追月断也の名前が正式にカウントされた。

それと同時に、それまで事務所に勤めていた他の探偵は静かに去っていった。元々追月断也という太陽の下に集っていたのだから、太陽が沈めば去っていく。当然のことだ。誰にも、誰をも責められない。

そして追月探偵社からすっかり探偵がいなくなった。

いるのは半人前、探偵未満の俺――追月朔也(さくや)だけ。

それなのに、にもかかわらず――リリテアだけは事務所を去らなかった。翌日も翌々日も、同じように隣にいてくれた。

大黒柱たる親父を失い、共に事務所を盛り立てていくはずだった先輩探偵らも去り、俺とリリテアは――それでも図太く生きることにした。

絶望し、ウジウジメソメソと下を向いて過ごすのは三日でやめた。半分は絶望に飽きたからで、もう半分は絶望するほど希望がないわけではなかったからだ。

「あの親父があんなことくらいで本当に死ぬと思うか？」

「断じて思いません」

これが俺たちの共通認識だった。

発見された焼死体のＤＮＡが親父のものと一致した？　警察の公式見解？

関係ないね。

肉親だからこそわかる。親父は死んでいない。

あれは親父の遺体じゃない。すり替えられた別物だ。

だから、俺は何も投げ出さない。半人前なりに探偵業務も続けるし、事務所だって守っていく。あそこが家族の帰ってくる場所だからだ。

「リリテア、俺たち、頑張ろうな」

真新しい決意を胸に、浴室にいる助手に声をかけた。けれど返事はない。

「……リリテア？」

返事はシャワーの音と鼻歌で返ってきた。

「さっきの悲しげな表情は？」

あと、俺が先に浴びるって話じゃなかったっけ？

温かいシャワーを堪能したリリテアは、洗い髪をタオルで丁寧に挟んで乾かしながら言った。

「けれど朔也様、このような奇異なホテルをよくご存知でしたね」

年頃なりの細い腰と、それに似つかわしくない予想外に発育の豊かな胸を、黒の下着が包んでいる。

彼女はベッドの上に座り、その姿を惜しげもなく晒していた。髪からわずかに滴り落ちる滴が、柔らかく肉感的な太腿の上を流れる。

「ここで働いてる知り合いがいて、急でも安く泊めてくれるって言うからさ。俺も利用するのは初めてなんだけどね」

いやらしい意味などこれっぽっちもなく、あえて今断言しよう。

あの太腿はいいものである。まったく大したものである。

肌艶、柔らかさ、少女的反発性、形、成長性——。

それぞれの要素が理想的なバランスで成り立ち、レーダーチャートが美しい五角形を描いている。

毎度生き返るたびに膝枕として体感している俺はその素晴らしさをよく知っている。繰り返しになるけれど、これはあくまで枕としての価値を賛美しているだけだ。あくまで。

俺は同じ部屋で窓際の椅子に腰をかけ、そんなリリテアの様子を眺めている。けれどリリテアは俺を咎めもしない。俺も露骨に顔を隠したり背けたりしない。

リリテアは自分を俺の助手だと位置付けている。今や、俺自身もそう思っている。つまり、照れ合うような仲でもない。

「この建物、八十年以上の歴史があるんだってさ。でも旅行会社のパンフレットには掲載されていないんだよ」

その昔はスネに傷を持つような者たちが多く流れ着き、利用していたらしい。だからか、基本的に観光客が泊まるようなことはない。

「確かに趣はありますね。シャワーの水量は安定しておりませんでしたし、窓の隙間から雨漏りも少々」

「……後で知り合いの従業員に言っとくよ」

着替え中のリリテアは品のいい髪を三つ編みにしている。風呂上りの短い時間だけ見ることのできる髪型だ。

「でも他に安く泊まれるようなところが空いてなかったんだよ。せいぜい今日明日の辛抱だ」

「ここのところろくなことがない。まさしくその通りですね。まさか事務所で水漏れが発生するなんて」

「そうそう。おまけにこの雨で雨漏りの二重苦で大変だったなあ。これから事務所を立て直して行こう。そう拳を振り上げた矢先に天井から水が降ってきて……」

業者に調べてもらったところ上階の配管が裂けていたそうだ。老朽化だろうか。

被害は深刻で、家具や書類その他にも被害が及んでしまい、事務所も自宅も、とてもいられる状態ではなくなってしまった。

もちろんすぐに修理を頼んだけれど、明日まではどうにもならないと言われてしまった。

そうして行き場所を失った俺は強まる雨の中、免許取り立てのバイクの後ろにリリテアを乗せ、ズブ濡れになりながらここクーロンズ・ホテルに飛び込んだのだった。

現在時刻は午後二時。リトル・クーロンは灰色に陰っている。

「ところでリリテア……」

「はい」

「前々から思っていたんだけど、リリテアの太腿って柔らかいよね」

「……急になに？」

「ほら、いつも死んだ俺の復活を膝枕して迎えてくれるだろう？　その時に感じてたことなんだけど、改めてそのお礼を言ったことなかったなと思ってさ。いつも本当にありがとう。柔らかさをありがとう。って、ははっ。やっぱ改まると照れ臭いなっ」

それはリリテアの太腿をなんとはなしに眺めているうちに自然に出てきた感謝の言葉だった。けれどリリテアは『丹精込めて咲かせた花が、翌朝窓辺でおっさんのブリーフとすり替えられていた人』のような表情をしていた。

「一番気持ち悪い」

「ええっ!?」

全ジャンルの中で？

「見当違いなタイミングで見当違いな称賛をされてもちっとも嬉しくない。ところで朔也様、せっかくなので私からも一つ……」

「ん？」

「なぜ私の着替えの一部始終をご覧になられているのですか？」

「ふふ。今更そんなことで照れ合うような仲でもない、だろ？」

「恥ずかしいに決まってます。そんな神妙な顔で、頬杖ついて脚まで組んで鑑賞されたら」

よく見ると羞恥に顔を赤らめている。リリテアはちゃんと女の子だった。

「ご、ごめーん！」

慌てて窓の外に顔を背けた。

「おバカな人」

リリテアはお決まりの辛辣な一言を俺に浴びせる。けれど窓に反射する彼女の顔には愛情深い微笑みが浮かんでいた。

からかわれているだけなのか、本気で怒っているのか判断がつかない。

交代でシャワーを使ってスッキリすると、二人でホテルの中を見て回ろうということになった。

部屋を出るとまず赤い絨毯と、古ぼけた壁紙が目に入る。その様式は一種のチャイニーズ・ゴシックとでも表現すればいいだろうか。

廊下を進むと吹き抜けのホールに出た。ホールは八角形になっていて、各階に同じく八角形の回廊が巡っていた。八角形の空間が筒状になって九階まで貫いている。

「この吹き抜けのホールがホテルの中心部分みたいだな」

ホールから四つの廊下が四方に延びていて、それぞれの壁にわかりやすく東西南北の文字が大きく書き込まれている。どの階層も同じ造りだ。廊下の先にはそれぞれ東西南北の棟があり、宿泊するための部屋がずらりと並んでいた。

各階へ通じる階段は東西の二箇所にしかない。かなり古く、複数人の体重がかかるとギシギシとうるさい。

「エレベーターは北側に一機設置されているけれど、老朽化で今は使用不可になっているんだってさ」

「最上階は九階でしたか。ではそこに泊まった人は階段で上り下りするしかないわけですね」

「ああ、それだけでかなりいい運動になりそうだね」

四階の手すりから一階ロビーを真上から覗(のぞ)き込(こ)むと、迫力ある大きな龍(りゅう)のオブジェが目に入った。大陸的なデザインで、長い胴体をうねらせている。

受付をした時にもあれは目を引いた。

龍のオブジェはロビーの東側に設置されていた。ちなみに一階西棟廊下の奥には大きな虎の剥製(はくせい)もあった。一体どこで買い付けてきたのだろう。

異様なのはオブジェだけに留まらない。廊下のあちこちの壁にもその他の様々な動物の頭の剥製や、古びた柳葉刀、鉤爪などの武器、暗器が飾られていた。

それらを見てリリテアは「悪趣味……」とつぶやいた。

この内装はリリテアの美意識に合わないようだった。自分はいつもスカートのスリットの中にナイフを忍ばせている癖に。

でも気持ちはよくわかる。

「確かにいかにも何か起きそうな雰囲気だ」

「何か、と言いますと?」

「ほら、何かの間違いでこのホテルに閉じ込められたり、とかさ。外界と連絡も断絶しちゃって」

「いつかのクルーズ船のような、クローズド・サークルですか?」

「そう、それ。で、何故だかちょうどホテルの中に殺人鬼が潜んでいて……ああ、そうだ。どうせそうだ。きっと今回も俺は一番に殺人鬼に目をつけられて画期的な殺され方を――」

「朔也様、よくない癖が出ています」

ピシャリと窘められ、俺は最悪の想定をストップした。悪癖が出てしまっていたらしい。

「起こりもしていない事件に震える探偵がどこにいますか。しっかりしてください」

「ごめんごめん。つい。まあとにかく、ご覧の通りここはお世辞にも綺麗なホテルとは言い難いんだけど、ここはひとつ我慢してよ」

「事務所の稼ぎ手は今や朔也様ただお一人。贅沢は言えません」

「苦労をかけるね。でも事務所を閉めている間は依頼も引き受けられないし、工事費用もバカにならないし……」

元々受けていた依頼もなかったので、事務所が元の状態に戻るまでの数日は完全にオフ。つまり稼ぎはゼロだ。だんだん泣けてきた。

嘆いていると、リリテアが手すりから身を乗り出した。何やら下の様子を窺っている。

「どうした？」

小柄な彼女の爪先がわずかに床から浮いている。落ちやしないかと冷や冷やする。

「なんだかロビーが騒がしいです」

言われてみるとやけに人が多い。十人、いや二十人。突然の団体客でもやってきたのだろうか。

ロビーの床は敷き詰められた古びたタイルによって幾何学模様が描かれており、その上を人々が慌ただしく行き来していた。

引き寄せられるように階段で下へ降り、そこで彼らの正体がわかった。

神妙な顔でカメラを覗き込み、チェックする人。寝不足気味の顔で飲み物を持って走り回る人。たくましい二の腕で照明機材を運ぶ人。いわゆる撮影クルーと呼ばれる人たちの

ようだ。

「何かの撮影？」

俺はリリテアを階段横に残し、カウンターへ向かってそこに詰めている少女に声をかけた。相手は地元の中学校指定のセーラー服姿で、ホテルの受付としてはまったく相応しくない格好だ。

彼女は入谷雨瀧という。このホテルで従業員としてバイトをしている。

雨瀧は頬杖をついてその様子を気怠げに眺めていた。従業員としてはずいぶんな態度だが、本人曰くオーナーに気に入られているらしくクビにはなっていない。

「そう。映画だって。えーが」と雨瀧は言った。

「へえ、オーナーが許可を出したの？」

顔を横に振って俺の言葉を否定した。烏羽色の長い髪が揺れる。

「あたしが説得したの。なんせ金払いがよかったからね」

強かだ。

「こういうことでもないと採算取れないの。ウチは」

雨瀧はどこからどう見ても中学生だが、時々妙に大人びたところを見せる。

彼女とは知らない仲ではない。と言うよりも、急遽安くここに招き入れてくれたのが他ならぬ彼女だ。

雨瀧(うたき)はここのオーナーの趙(ちょう)老人と遠縁で、ホテルの一階の部屋に住んでいる。中学校にはここで働きながら通っている。事情があって親元を離れ、趙老人を頼ってここに転がり込んだという。

　彼女とは以前、とある依頼の最中に知り合った。それからなんとなく親交が続いている。

「どんな映画？」

「アクションミステリー大作だって」

「なんだそのジャンル。主演は？　有名人だったらサイン貰(もら)いにいこうかな！」

「さあ、知らない女優だったよ。ほら、あそこにいる子」

　言われてそちらを振り向いた瞬間、そっちの方向から耳馴染(なじ)みのある声と言葉が聞こえてきた。

「ししょ～！」

　両手を大きく広げてこちらに駆け寄ってくるのは、灰ヶ峰(はいがみね)ゆりうその人だった。

「え!?　ゆりうちゃんが主演!?　ってことはいつか言ってた初主演映画、ここで撮るのか！」

「そうなんですよ！」

　答えるゆりうの脇にはリリテアがいる。ガッチリ腕をホールドされており、半ば諦め顔だ。すでにゆりうによって発見確保されてしまった後らしい。

「女子高生探偵うずら！　えー、でも師匠がなんでここにいるんですか？　え？　え？

まさか激励に来てくれたんですかー？」

「いや、偶然だよ。実は――」

俺はここに泊まることになった事情を簡単に説明した。

「それは大変でしたね！　リリテアさんも！　でも、おかげで会えましたね～」

素で嬉しそうなゆりうに対してリリテアはちょっと困ったような、照れたような顔をしている。きっとこういうノリに慣れていないんだろう。

それにしてもゆりう、なんと無邪気な笑顔だろう。パタパタ左右に揺れる尻尾が目に見えるようだ。無遠慮にリリテアにじゃれついている様子は、まるで犬が人見知りの猫にちょっかいをかけているかのようだった。

「こんなところで会えるなんて！　はー嬉しい！」

にしてもこの喜び様はなんだろう。少し妙な気もする。

「大袈裟だな。一週間前にも事務所で会ったばかりじゃないか」

あの凄惨な旅客機墜落、及びクィーン・アイリィ号沈没事故にはゆりうも巻き込まれている。あわや沈没というところでリリテアに手を引かれ、脱出艇に乗り込んでなんとか難を逃れたのだそうだ。

明るく振る舞っているが、彼女の目にも焼きついているはずだ。あの日の地獄絵図が。

にもかかわらずゆりうは、事故の後わざわざ追月探偵社の所在地を調べて様子を見に顔を出してくれた。女優としての仕事やレッスン、それに学業もあるだろうに、時間を見つけては訪ねてきてくれていた。

あの時、親父を助け出そうと勇んで情けなく炎に飲まれた俺を、目の前にいる二人の少女が引っ張り、同じ脱出艇に乗せてくれたと聞いたのはしばらく後になってからのことだ。

まったく、よくできた助手と弟子だ。俺にはもったいない。

「ところで師匠、聞いてくださいよ……。あたし、今日からクランクインなんですけど、周りは知らない人ばっかりでもう気が休まらなくって……。それに……」

「おや、そちらはゆりうちゃんのお友達かい？」

撮影クルーの中から男が抜け出してこちらへ近づいてくる。

腹が立つほど顔がよく、背の高い男だった。どこかで見たことがあるなと思ったら、俳優の丸越玲一だった。洗剤のＣＭで見たことがある。

「どうぞよろしく。今回ゆりうちゃんのお相手役をやらせてもらう丸越です。チャオ」

チャオ！　今時チャオの使い手に会えるとは。さすが芸能人。

彼は爽やか極まりない所作で握手を求めてくる。

「今回は僕とゆりうちゃんの二枚看板ってわけでね」

「あはは……看板になれるよう頑張ります。でも実際現場に来てみたらすっかり雰囲気に飲まれちゃって」

ゆりうは新人らしく恐縮している様子だ。

「確かにここ、すごいホテルだよね。とてもセットじゃ出せない迫力がある。監督曰くこの独特なロケーションが作品イメージにぴったりなんだってさ」

「丸越くん、セリフのことでちょっといいかな？」

そうこうしているとサングラスをかけた男がやってきて、気安く丸越の肩に手を置いた。

「ほら噂をすると。こちらが監督の鳥保日一さんだよ」

「鳥保です。キミは……」

紹介された鳥保監督は俺に目を留めるなり、サングラスをずらしてマジマジと見つめてくる。改めて目元を見ると、思ったよりも若そうだった。まだ三十代だろう。

鳥保からは独特な香水の匂いがした。

「まさかゆりうちゃんの恋人……なわけないよなあ」

それだけは絶対に困るとでも言いたげだ。確かに、新人女優として大切なこの時期に恋人なんていた日には関係者一同困り果てるだろう。

「追月朔也です。ゆりう……灰ヶ峰さんとはちょっとした縁で……」

「そうか。それじゃ早速で悪いんだけど小道具班に入ってもらおうかな」

「はい？」

「行けばわかるよ。色々教えてくれると思うから緊張せず——」

「あの、俺は単なる宿泊客ですよ」

「え？　あ、そうなの？　僕はてっきり映画の世界に憧れて飛び込んできた野心ある若者かと。ゆりうちゃんのつてで」

「残念ながら違います。今日はたまたま……」

「監督、師匠は探偵さんなんですよ」

と、そこでゆりうが張り切って俺の紹介を始めてしまった。「そしてあたしは弟子なのです」とまで言っている。

「探偵？」

「はい。優秀な探偵さんです」

「ん……？　言われてみれば追月という苗字に聞き覚えがあるな。確か世界的に名の通った探偵じゃなかったか？」

「そうです！　師匠はあの追月断也さんの御子息です！　だから監督！　絶対絶対お願いした方がいいですよ！」

「お願い？　ゆりうちゃん、それって何の話――」

「追月の息子！　なんでおまえがここにいる！」

そんな俺たちの会話に、さらに割り込んでくる男がいた。

「その声は……やっぱり。漫呂木さんじゃないですか。なんでまたこんなところに」

「それはこっちのセリフだ！　まったくおまえはどこにでも現れる！」

顔馴染み（かおなじ）の売れない刑事、漫呂木薫太（かおるた）がそこにいた。彼は撮影スタッフをかき分けるようにしてズンズン近づいてくる。

「まさか、事件の匂いを嗅ぎつけてきたんじゃないだろうな？」

思いがけず、場に人がどんどん増えていく。

「残念ながらおまえの出る幕はないぞ。ここは俺がしっかりと……」

「事件──なのですか？」

漫呂木の勢いを断ち切るような一声を発したのはリリテアだった。

「今、事件とおっしゃいましたね」

「いや……それは……」

「事件というほどのものではないよ」

漫呂木の代わりに答えたのは鳥保（とりほ）だった。

「実は先日、ちょっとした悪戯（いたずら）の手紙が僕の事務所に届いてね。それで念のため警戒している。それだけのことだ」

「悪戯の手紙？」

「まあ、いわゆる脅迫状のようなもので──」

そこから彼は少し声を潜めた。

「脅迫状……ですか」

「これなんだがね」

そう言って鳥保は胸ポケットから二つ折りの紙切れを取り出した。それを受け取り、開いてみる。

そこには筆跡のわからない崩し文字でこう書かれていた。

『くーろんずほてるデ順ニ喰ウ　ふぃるむヲ回セ
狗頭のベルボーイ』

「クーロンズ……ホテルで順に喰う？　これはつまり——」

「ああ。このホテルが撮影に使われることを知った誰かが、撮影中に妨害を企てているのかもしれない」

「それにしても『喰う』とはまた随分な言い回しですね」

狗頭。狗の頭のベルボーイ。だから『喰う』なのか。だがその言葉が何を表現しているのかはわからない。

喰い殺す——でなければいいのだが。

「狗頭のベルボーイって、何かのキャラクターなんですかね？」

「さあ、僕も聞いたことがないが、大方古いミステリにありがちな怪人を気取って適当に名乗っているんだろう」

「名前もですけど『ふぃるむヲ回セ』という表現も変わっていますね」

リリテアは少し背伸びをして俺の持つ脅迫状を覗き込んだ。

「ここは普通なら『フィルムを止めろ』など、撮影の妨害をするような言葉がきそうなものですが。狗頭のベルボーイという人、映画を邪魔したいのか、そうでないのかわかりませんね」

彼女の言う通りだ。

「狗頭のベルボーイだと……？　今、そう言ったのか？」

その時、しゃがれた声が俺たちの会話の中に飛び込んできた。

「あなたは……」

声の主は眼光の鋭い老人だった。長い白髪を後ろでまとめている。

「ホテルのオーナーの趙さんだ」と漫呂木が言う。

「いや……その、なんでもないんですよ。これはちょっとした悪戯で……」

話を濁そうとする鳥保を趙老人が遮る。

「……どこで聞きつけたか知らんが、ウチでその名を口にするな。できないなら撮影の話もなしだ」

唸るようにそう言い、趙老人はその場から離れていった。俺たちは互いに顔を見合わせるしかなかった。

「何かまずかったのかな……？」

「ホテルで余計な騒動を起こして欲しくないだけじゃないですかね？」

「もしオーナーを怒らせでもして撮影ができなくなったら困るなあ」

「大丈夫ですよ監督。幼稚な脅しなんて無視して撮影あるのみ、でしょう？」

不安を口にする鳥保を見て丸越はあっけらかんとした様子で励ました。

俺はそっと隣のゆりうを見た。ゆりうも俺のことを見つめていた。

「師匠……」

大きな瞳がわずかに揺れている。

ゆりうもこの脅迫状のことを聞かされていて、不安な思いをしていたのだろう。

先ほど偶然出会った時、こっちが不思議に思うほど大袈裟に喜んでいたのは、その表れだったのかもしれない。

「僕は悪戯だろうと笑っていたんだが、心配性のスタッフが警察に届けてしまってね。それで――」

「それで漫呂木さんがここに？」

「そういうことだ」

漫呂木はなぜか偉そうに腕組みをする。

「こういう場合警察ってちっとも動いてくれないってイメージがありますけど、もしかして漫呂木さん、芸能人に会いたくて手を挙げて強引にくっついてきたんじゃ」

「そんなわけあるか！　そんなわけ……」

そんなわけありそうだ。

「監督、師匠は過去にもすごい事件を解決してるんです。だから――」

「彼にも依頼をしろと？　何もそこまで深刻になることはないさ。こちらの刑事さんもついていてくれるそうだし」

「その通りです！　この漫呂木にお任せを！　というわけで、今回は探偵の出番はなしだ」

「誰も出番をくれなんて言ってませんよ」

そう返すと漫呂木は「負け惜しみを」と勝ち誇ったように笑った。

けれど実際これは負け惜しみでもなんでもなかった。

と――俺の服の袖を強く引っ張る者がいた。

「朔也様……朔也」

リリテアだ。彼女はひどく不満そうに俺を見上げている。

「なぜあっさり引くのです。降って湧いたお仕事なのに」

「い、いやだって……なんか怖いじゃないか」

リリテアの耳打ちにこちらも耳打ちで返す。

「何を情けないことを」

「脅迫状だよ？　喰うとか言ってるんだよ？　狗頭だよ？　もしこれが悪戯じゃなく本物の脅迫状だったら絶対危険だよ。そんな事件に首を突っ込んだりしたら、突っ込んだその首を切り落とされかねないじゃないか」

ああ、考えるだけで嫌だ。怖い。

「春秋公羊伝じゃないけど、探偵君、死と危うきに近寄らず——ってやつだよ」

「またそんな及び腰で……。そんな調子ではいつまで経っても追月探偵社を盛り立てていけませんよ。それから君子危うきに——の正確な出典は春秋公羊伝ではありませんよ」

「う……」

なかなか痛いところをついてくる。

けれど怖いものは怖い。余計なことをしてまた殺されでもしたらと考えると、胃液がせり上がってくる。

どうせ生き返るんだからいいじゃないか、という問題じゃない。むしろ逆で、また生き返ってしまうからこそ、死ぬのが怖い。

死の恐怖や痛みは、生涯でたった一度きりの体験だからこそ、人はなんとかそれに耐えることができるのだ。強制的に復活して、もう一度、いや何度もそれを味わえと言われたらどうだ？　誰だって嫌だろう。俺だって嫌だ。

　そのようなことを伝えると、リリテアは嘆息した。

「そもそも脅迫状のお話の中で死ぬ死なないは全て朔也様の想像、いえ、強引な妄想ですよね？　さも確定事項のようにおっしゃっていますが」

「う……」

　そこも痛い。

「結局不用意に怯えて探偵の仕事を怠けているようにしか見えないわ」

　しっかりしてよもう、とリリテアは独り言のように言ってそっぽを向く。

　ああ、怒らせてしまった。

　と焦っていると、突然ゆりうがたまりかねたように手を挙げた。

「それならあたしが雇います！」

　俺を含め、皆がそちらを向く。

　ゆりうは高らかに宣言する。

「あたしが師匠を雇います！」

「ゆりうちゃんが!?」

　俺と漫呂木と鳥保の声が揃った。

「だってやっぱり心配じゃないですか。それに監督も言ってましたよね？　今回の作品は何がなんでも成功させるって」

「それは……そうだが」

「もし万が一何か事故でもあったら映画はお蔵入りになっちゃいますよ」

「それは……困る」

「あたしだってそんなの嫌です」

「うん……まあ、ゆりうちゃんが個人的に探偵を雇いたいというなら、無理にそれを止める気はないが……」

「ありがとうございます！　やりましたね師匠！　お仕事ですよ！」

「いや、あのね……」

素直にお礼が言えない。複雑だ。

けれど、そんな複雑な俺を四つの綺麗な瞳がじっと見つめてくる。

リリテアとゆりうだ。

しばしにらめっこが続いた。

「はあ……そこまで言うなら、わかったよ！」

そして結局、俺はそのにらめっこに負けた。

「引き受けるよ！　ホテルでの撮影中に俺なりに動いて、狗頭のベルボーイとか言うヤツの尻尾を探してみる。これでいいかな？」

リリテアとゆりう、二人の顔が見る見るうちに綻んでいく。

ああ、引き受けてしまった。と思ったのも束の間、続くゆりうの発言に俺は重ねて困らされてしまう。

「はい！　そしてもちろんあたしもお手伝いします！」

「え？　まさかまた首を突っ込む気か？」

「当然です！　あたしは師匠の弟子なんですよ」

「だってそれは役作りのための勉強だろう？」

「そうです。でもその役作りはこの映画のためにしてきたことです。ここで逃げたら元も子もありません」

「そ……そうかなあ？」

なんとなく煙に巻かれているような気がするが、説得力があるようにも聞こえる。

「ダメ……ですか？　あたし、力になりたいんです」

ゆりうは哀願するように「ししょ～」と背伸びをしてこっちに顔を近づけてくる。

「わかった！　わかったよ！」

周囲の目が痛くて、俺はつい首を縦に振ってしまった。

リリテアが小さくため息をついたのがわかった。

「朔也様が仕事をお引き受けになったこと、リリテアは喜ばしく思います」

「ああ……。まあ、不本意ながらってところもあるけど、とにかくこれで事務所の修理費用が払えるな」

「呆れた。本気で弟子のゆりう様からがっぽり依頼料をとるつもりですか？」

「う……ダメ？　やっぱり軽蔑されちゃう？」

「しかも、またもやゆりう様を巻き込んでしまいましたね」

「うう……」

痛い。痛いところだらけだ。

俺が正論に悶え苦しんでいるうちに、撮影は始まった。

最初のシーンは、ゆりう扮する女子高生探偵うずらがホテルのロビーにやってくるシーンだった。

本来なら女優としてのゆりうのお手並み拝見というところだが、撮影中は周辺を警戒しておかなければならない。

俺たちは現場全体を見通しやすい場所を探して階段を上った。

ゆりうに押し切られる形ではあったけれど、引き受けてしまった以上はいつまでもぼやいてはいられない。やることはやる。

「こんにちは」

二階へ上がる階段の中ほどに青年が立っていたので声をかけた。青年は今まさに撮影が開始されようとしている現場を熱心に見つめていた。

「あなたも撮影の関係者さんですか？」

挨拶ついでに尋ねると青年は人懐っこい笑みを浮かべた。見たところ年齢は二十五、六歳といったところだろう。

よく見ると彼は片手に収まる小さなハンドカメラで現場の様子を撮影していた。

「そうなんす。俺、スタントマンなんす。アクションシーンまでは大人しくしてろって言われてまして」

記録係か何かかと思ったら意外な役職が飛び出した。

「スタントマンさんなんですか。かっこいいですね。あ、俺は追月朔也と言います」

「朔也くんっすね。よろしく」

月並みの感想から自己紹介へ。俺は探偵として今回の現場に付き添うことになった旨を伝えた。

「探偵さんっすか。もしかしてさっき下でゆりうさんと話してたのってそのことっすか？」

「あ、見てましたか。まあ、そうなんですよ」

「えー、何か事件すか？」

「いえいえ。このあたり、お世辞にも治安がいいとは言い難い街なので、トラブル回避のためのガードマンみたいなものです」

「お友達、かなんかですか？」

「え？　ああ、あの子とはちょっとした縁で」

　脅迫状のことは一応伏せておいた。他の関係者がどこまで事情を知らされているのかわからなかったからだ。悪戯（いたずら）に広めて不安を煽（あお）っても仕方がない。

「あ、自己紹介が遅れました！　俺、白鷺翔（しらさぎしょう）っていいます」

「スタントマンなのに主演みたいなかっこいい名前！」

「朔也（さくや）様、失礼ですよ」

「いいんすよ。完全に名前負けしてますんで。たはは。翔って呼んでください」

　芸名ではなく本名だと知ってなお驚いた。

「それにしても翔くん、随分熱心に見てましたね。カメラまで持って」

　スタントマンだというなら、声がかかるまで休んでいてもよさそうなものなのにと思うのだけれど、これは素人考えだろうか。

「監督に許可貰（もら）って個人的に現場の様子を記録してるんです。勉強のためっすね。俺、本当は演出志望なんすけど、体力だけはあるってことで、何かの間違いでいつの間にかスタントやらされてます。たはは」

　現場を隅々まで観察し、撮影のノウハウを学び取ろうとしていたのだと言う。

好感のもてる姿勢だと伝えると、翔は腰がくだけんばかりに照れた。

「今は体を張ることしかできないけど、いつかは監督になってみせますよ。遠い夢っすけど、叶えてみせます。あ、サインいるっすか？」

「え？　翔くんの？」

「もちろんっす！　将来ビッグになった時のためにオリジナルのサインを作っておく！　夢追い人のスタンダードっすよ！」

「スタンダードなんだね。でもちょっと気が早いような」

熱っぽく語る翔に努めて冷静に返す。

「朔也様も練習していませんでしたっけ？　ご自分のサイン」

それがなんの他意も悪気もない指摘だったとしても、時としてか弱い俺を傷つけることがあることを、リリテアには後で教えてやらなければならない。特にそれが事実である場合は。

「それは誰にも内緒だって約束したのに！　リリテアすぐ言う！」

俺の自尊心はいたく傷つけられた。

それはさておき、翔は握っていた拳を解いて眉を八の字にした。

「でも……鳥保監督にはまだこれっぽっちも認めてもらえてないんすよ……」

「そうなんですか。優しそうな人に見えたけど、結構厳しいんですね」

「普段は温和な人すけど、監督は映画のこととなると鬼っすよ。それに今回は特に入れ込んでるみたいっすから」

「特に、ですか」

「あー……えっと、ここだけの話なんすけど」

翔(しょう)は周囲を窺(うかが)うような素振りを見せてから小声で言った。

「監督、十年前のデビュー作でいきなりでっかい賞を獲(と)っちゃって、かつては業界中から天才だって言われてたんす。でもここ何年もヒットを飛ばせてないんす。だから次でなんとしても再起を図るんだって気合入りまくりで」

「絶対成功させたい。そのためには撮影を誰にも邪魔させたくない？」

「まあ、そんな感じっすね」

それで会ったばかりの、部外者の探偵(俺)の立ち会いをすんなり許したのか。

「まあ、そういうワケで……」

「翔ちゃん、部外者に内情をペラペラ喋(しゃべ)る前に体を動かしたらどーなの？」

話し込んでいると、階段の下からねっとりとした声が聞こえてきた。

その声に翔が露骨に肩を竦(すく)めたのがわかった。

声の主は階段の手すりにいやらしく指を這(は)わせながら、ゆっくりと上がってきた。

「出番がないなら雑用でもなんでもしなきゃ。体力だけが取り柄なんだから。ねー？」

「そ、その……すんません……」

現れたのは整髪料で髪をキッチリと撫(な)で付(つ)けた四十がらみの男だった。男の絡みつくような視線が今度はこちらに注がれる。

「そちらの僕は初めましてよね？　どーも、灰ケ峰(はいがみね)ゆりうのマネジャーやってます。エンプレス芸能の名籤淳五(なくじじゅんご)です」

「ゆりうちゃんのマネージャーさんでしたか」

エンプレス芸能といえば、ここ最近急に名前を聞くようになった芸能プロダクションだ。

「そ。マネジャーです」

名籤は独特のイントネーションの持ち主だった。というよりも、全体的に言動の個性がすごい。

「あの、名籤さん、朔也(さくや)くんは探偵だそうで――」

「さっき下でゆりうちゃんから聞いたわ。ゆりうちゃんが勝手に雇っちゃったんだってね？　困るわー。ほら翔ちゃん、お仕事お仕事」

「は、はい！」

名籤の絡みつくような視線から逃れるように、翔はそそくさとその場を離れていった。

不敵な笑みで翔を見送りながら、名籤は「可愛(かわい)いわ～」などと言っている。なんとなくだけど、翔くん気をつけて。

「で？　その探偵さんが早速あれこれ嗅ぎ回っていたわけね？　例の脅迫状のことでしょう？」

この男は事情を知っているらしい。

「嗅ぎ回るというほどのことでもないですが」

「そう。ゆりうちゃんが雇っちゃったものは仕方ないけど、あんまり現場を引っ掻き回さないでちょうだいね。なんたってウチのゆりうの華々しい劇場デビュー作なんですからね」

「それはもちろん。ゆりうちゃんには頑張ってもらいたいと思っ――」

「さっきから気になってたんだけど、ゆりうちゃんゆりうちゃんってちょっと馴れ馴れしいわねー。スキャンダラスだわー。ってことではい、ちゃん付け禁止ー」

「はあ……」

「朔也くん、お友達だかなんだか知らないけど、無闇にゆりうに近づかないでちょうだい。あの子はこれからきっと化ける。最高の稼ぎ頭になるんだから、その価値を落とすようなことはNGよ。違約金発生よ」

名籤はついと俺の顎を指で撫でてくる。とてもやめてほしい。

と、彼は俺の隣に黙って控えていたリリテアにふと目を留めて「あら」と小さく声を漏らした。

「あらあなた……いいわね。いい。品も充分、透明感も充分。もう少し愛想があればかなりイケるわよ。これ、連絡先。興味があったらテルしてね。スターになれるかもよ」

言いたいことを言い終えると、名籤マネージャーはまたねっとりと階段を降りていった。

それを確認してから、俺はそっとリリテアに視線を向けた。

彼女の手には名籤の名刺が握られている。

「今のってスカウト？　すごいじゃないか。リリテアは女優さんに興味――」

「まったくございません」

「でも事務所でよく映画やテレビドラマを見――」

「興味ございません。人前で演技をしたり、楽しくもないのに笑うなんてこと、私にはとても」

「そ、そう？」

「私は骨の髄まで探偵の――朔也様の助手でございます」

なかなか嬉しいことを言ってくれる。

二章　スカートを引っ張ってはいけません

撮影はロビーを皮切りにホテルの客室内やボイラー室、上階の廊下などいくつか場所を変えて行われていった。

個人行動の多い探偵業とは違って映画の撮影はとことん集団の現場で、その中心に立っているのがゆりうだった。彼女が演じるうずらは気の強い女子高生で、同時に毎回難事件に巻き込まれてしまう素人探偵でもある。

「その言葉、そっくりそのまま蝶々結びでお返しします！」

それが原作でもお決まりのセリフらしい。会った頃から時々ゆりうが口にしていたけれど、元ネタはこれだったわけだ。

俺には演技のことはよくわからないけれど、衣装を着てメイクをして、照明に照らし出された彼女は別世界の人間のように見えた。「師匠、師匠」と俺に無邪気な笑顔を向けてくる普段のゆりうとはまるで別人だ。

相手役の丸越玲一は堂々とした普段の様子とは打って変わって、子犬のようにうずらにくっついて回る気弱な貧乏作家を器用に演じていた。

凄惨な事件はロケ地に選ばれたこのクーロンズ・ホテルの中で起き、うずらは探偵としてそれに挑むのだ。

脇役の女優も、犯人役だという大御所俳優も一様に演技に熱が入っていた。鳥保監督の熱量に押されているのかもしれない。

撮影は順調に進み、あっという間に夜になった。

「完成が楽しみだな！　公開はいつになるんだろう！」

「この依頼を見事に遂行すれば試写会に呼ばれるはずです。となれば一般よりも早く鑑賞できるかと。その日はなんとしてもオフにするべきです。なんとしても」

俺とリリテアはホテルの入り口の前に並んで立ち、熱っぽく語り合っていた。二人揃ってすっかり作品に夢中だ。

もちろん、ただのほほんと物珍しい撮影風景を眺めていたわけじゃない。撮影中は二人で手分けをしてホテル内に不審な人物がいないか確認して回ったし、裏口、入り口共に見張っていた。

ホテルの宿泊名簿も確認し、撮影スタッフ以外の泊まり客についても把握済みだ。

「今のところは何事もなく進んでるな」

「やはりただの悪戯だったのでしょうか」

「そう願うよ」

「師匠～！　リリテアさ～ん！　お疲れさまです！」

話し込んでいるとゆりうがご機嫌な様子で登場した。衣装もメイクも落としてすっかりいつものゆりうに戻っている。

「その様子だと手応えはあったみたいだな。よ、名女優」

「ひー、言わないでくださーい！　師匠たちが見てるかと思うと恥ずかしくってたまりませんでしたよ。でも……やー、なんですかねー。はい、練習の成果は出せたと思います！」

「それはよかった。今日の撮影はこれで終わり？」

「はい。続きは明日だそうです。でも後ワンシーンだけみたいですよ。午前中に撮るとかって。それで、本当はこれから一部のスタッフさん以外は一度都内に戻る……予定だったんですけど」

「何か問題が？」

ゆりうは両手の人差し指をツンツンと突き合わせていたが、やがてその指をピンと上に向けて言った。

「ほら、大雨の影響で」

「え、まさか大雨で身動きが取れないとか？」

しかし言われてみれば日中からずっと降り続いている。前線停滞と高気圧がどうのと言う今朝のニュースを思い出す。

「そのまさかみたいです。道路が冠水？　浸水？　とかで……」

「あーあ！　やっぱり！　ほら、やーっぱり閉じ込められた！」

「ど、どうしたんですか師匠？」

「お気になさらず。よくある発作ですので」

どんな発作だ。

でも結局嫌な予感が当たってしまった。こうしてぼやくことくらい許してもらいたい。

「はあ……雨、そんなに降っていたのか。仕事と撮影見学に夢中で意識してなかったよ。あまり雨がひどいと明日の撮影に支障が出るんじゃないか？」

「どうなんでしょう。晴れるといいんですけど……」

「今夜から未明にかけて雨脚がさらに強まる……とのことです」

スマホを取り出し、リリテアが大雨に関する最新のニュースを読み上げた。

「このホテルは大丈夫なのかな？」

「それなら心配いらん」

フロントから話を聞いていたらしく、趙老人が安全性を保証してくれた。

「この街は昔から浸水がよくある立地なんだが、ウチは中でも高い場所に建っているからな。生まれてこの方水害とは無縁だ」

相変わらずの鋭い眼光だが、別に怒っているわけではないようだ。

「とはいえ周辺はすっかり水が溜まっているだろうから、車の類は使えんがね」

しかしこうなってくるとますます事務所が心配だ。二階にあるから浸水の心配はないだろうけど。

「それで？　この後は何をするんですか？　犯人の痕跡探しですか？」

「いや、ゆりうちゃん……まだ何も起きてないから。そもそも脅迫状が本物だと決まったわけでもないし」

「えへへ。そうでした」

「だからあんまり気にしすぎないほうがいいよ」

「そう、ですね！　あ！　それじゃ師匠の部屋番号教えてください。あとで遊びに行きますよ。人生転生ゲームしましょう！　あたしお家から持ってきたんです」

人生転生ゲームとは、サイコロを振ってコマを進めるボードゲームだ。友達同士でやれば一晩中だって退屈しないだろう。

「それ、懐かしいな」

「サイコロの出目に運命を操られて結婚したり借金背負って離婚したり、スキャンダラスな生活を送ったりしましょうよ～！」

嫌な言い方だ。

「別にいいけど、でもあのアクの強いマネージャーさんが怒るんじゃないか？　ほら、スキャンダルはＮＧよーって」

こう言ってはなんだが、あのマネージャーは苦手だ。ゆりうのことを露骨に商品扱いしていることも含めて。

「名籤さんですか？　確かに……。それなら！　見つからないように夜中にこっそり行きます！」

「より一層密通っぽいんだけど」

「いいじゃないですかー。雇主としての命令ですよー。師匠～」

この子、大人の言うことを素直になんでも聞くタイプかと思いきや、意外とヤンチャな一面も持ち合わせている。

いや、単に修学旅行気分なだけか。

「ゲームの後はリリテアさんと夜通し恋バナしようっと！」

うん。この推理は当たっていそうだ。

「え!?　そ、それは……」

「しようよぅ！　お願いします！　そういうのしたいよぅ！　この通り！」

「あ、スカートを引っ張ってはいけません。どの通りですかっ」

許してくれリリテア。救いを乞うような目で見られても俺には荷が重い。

二人の乙女を尻目に俺はロビーのフロントへ向かった。雨瀧が退屈そうにスマホをいじっている。

「ども、雨瀧（うたき）ちゃん」

「またきたの？　すっごいくるじゃん」

雨瀧は腕をダラっと伸ばし、カウンターの上に上半身を投げ出している。

「雨すごいな」

「んー。すごいねー」

「会話中くらいスマホから顔上げて？」

「先生みたいなこと言わないで。てかさっくんさー、暇なの？　探偵なんでしょ？　仕事でも探してきたら？」

「仕事ならさっき一つ……それより、このホテル、雨漏りとか大丈夫？」

「え？　クレーマー？」

「違うよ。でもここってかなり古いって話だし、これだけ降るとその辺大丈夫なのかなって思ってね」

「あたしずっとここに住んでるけど、意外とへーきだよ？」

「でも実際俺が泊まってる部屋、窓枠の隙間から水が入り込んでたんだけど」

やんわりとこちらの真意を伝えると少女は「またまたー」と言ってからカウンターから身を乗り出し、スマホで俺とのツーショットを撮った。

「イエー」

「イエーじゃない！　信じないのか？　いくら安いって言ったってサービスを放棄していいってことにはならないんだぞ」

「めっちゃ必死じゃん」

「半笑いやめろ！　あ！　ほら今！　頭の上に滴が落ちてきたぞ！　吹き抜けの上からじゃないのか？　雨漏りだよ！　してるよ！」

「神様の涙だねー」

「詩的……じゃなくて！　泣きたいのはこっちだよ！」

雨瀧のからかい一つ一つに反応していると、やがて彼女はキャッキャと声を上げて笑い始めた。

「あっはは！　さっくんおもしろー！」

体をくの字に曲げてカウンターを叩いている。印象とは違って意外とゲラなのが彼女の特徴でもある。大人びているようでこの辺はやっぱり中学生だ。

「あのな、少しは客のこと……を」

なおも詰め寄ろうとした時、視界に入ったものが気になって、俺の文句はすっかり途切れてしまった。

「何？　どうかした？」

俺はカウンターの奥の壁に見入っていた。

「ああこれ？　なんか昔からここに書いてあるらしいよー」

　墨で直接壁に文字が書かれていた。縦書きの計四行。縦横二メートルにわたって漢字が並んでいる。広東語(カントン)だろうか。その達筆さが俺の目を引き寄せた。

「来た時には気づかなかったな。なんて書いてあるんだ？」

　そんなの知らんと言われるか、または茶化(ちゃか)されるかと思ったのだけれど、意外にも雨瀧(うたき)は壁の文字の意味を翻訳して諳(そら)んじてみせた。


「裏切り者は龍(りゅう)の顎(あぎと)に。

　邪魔者は鳳(おおとり)の焔(ほのお)に。

　強欲者は水底(みなそこ)に。

　不逞(ふてい)の輩(やから)は虎の爪に――」


「……なんか不穏な内容だな」

「前にじいちゃんから教えてもらったの。なんか鉄の掟(おきて)だって言ってた。組織に裏切りかましたらマジにこんなことやっちゃうよ？　みたいな」

「組織って大陸系の犯罪組織か」

　俺も聞いたことがある。近年では鳴りを潜めているが、その昔――それこそ戦前戦後はかなりの勢力を誇っていたらしい。

「組織を裏切った者の末路を謳ったもの……か」

「昔はこのホテルもそっち系の人らとつながりがあったんだろうねー。って言ってもじいちゃんのそのまたお父さんの頃ね。でも今となっては消すタイミングもなくって、みんな言葉の意味も忘れちゃってるから、飾りとしてそのまま残してるんだってさ」

「見慣れたものが実は怖い意味を持ってるって、なんか都市伝説にでもなりそうな話だな」

「だね。ってことであたし、仕事に戻るんでー」

「いや待て待て、雨漏りの件はまだ……」

「強欲者は水底に、だぞ？」

と言って雨瀧はたった今撮った写真を見せつけてきた。俺と雨瀧のツーショット写真だ。俺の顔だけがバキバキに可愛く盛られ、二人の間にハートマークが飾り付けられていた。

相手は中学生。世間に流出したら俺の立場が色々危うくなりそうな写真を握られてしまった。

□

大雨によって身動きが取れなくなった撮影関係者。けれどそんな彼らのために趙老人はホテルの六階を丸ごと貸し出した。もちろん慈善事業ではなく、宿泊費はしっかり取っている。

それに伴って俺とリリテアの部屋も四階から六階へ移してもらった。脅迫状の件で何かあった時すぐ対応できるようにするためだ。

そう、撮影クルーがホテルに泊まるのなら、俺はその間も引き続き警戒を続けなければならない。

夕食後、俺は一旦リリテアと別れてもう一度ホテルを見て回ることにした。

「お一人で見回りなんて大丈夫ですか？」

部屋の前での別れ際、リリテアに心配された。

「ま、まあ大丈夫だよ。今のところ怪しいヤツなんてまるで見かけてないし」

もちろんこれは強がりだ。

「リリテアには念のためにゆりうちゃんのそばについてあげて欲しいんだ。ほらあの子、誰かが見ていないと弟子の義務だなんだと言って俺についてきてしまいかねないだろ」

そう説得すると、それは確かにと言うようにリリテアは肯いた。それでもどこかまだ不服そうだ。

「リリテア、頼んだよ」

「いつもは何かと言うとよくない想像を巡らせて、危ないことや怖い場所を避けるのに……こういう時だけ変にかっこつけるんだから」

「えーっと……大丈夫だって！　そう毎回初見の相手に殺されるようなヘマはしないから」

彼女を安心させようと精一杯明るい声を出す。

それにもし仮に殺されたとしても大丈夫。遺書なら昨日もバッチリ書いておいた。

そうして俺は助手の頭をポンポンと撫でてから見回りに出た。

時刻は午後十一時半を回っていた。

こうして一人で廊下に立つと激しい雨音が一層耳に届いた。

「嫌だなあ……怖いなあ」

一人弱音を吐き、静かな廊下を歩き出す。

スタッフたちはすでに残らず各自の部屋で落ち着いている。と言うのも、鳥保監督が早めの就寝後はドアに鍵をかけ、無闇に部屋から出ず、朝まで大人しくしておくようにと伝えていたからだ。

明日も早朝から撮影なので、言われた通り誰もが早めの就寝を心掛けているらしい。

このままみんなが朝まで大人しく部屋にいてくれれば滅多なことは起こらないだろう。

「夜のホテルは不気味だけど、これで何事もなく報酬をもらえるなら楽なもん……かな」

気を紛らわせるように楽観的な言葉を口にしてみる。もちろん楽と言っても、意図的に手を抜くつもりはない。一応各階の廊下を隅々まで確かめて回ることにした。

「上から順番に見ていくか」

そう決めて、大変な思いをして階段で一番上の九階まで上った。

「や……やっぱりエレベーターが使えないのは辛いな……」

階段を上り切った頃には肩で息をしていた。

呼吸を整え、回廊からそれぞれ四方へ延びる廊下を見て回る。

最上階の宿泊客は片手で数えるほどしかいなかったはずだ。上ってくるだけでこんなに大変なのだから、それも当然だ。

それぞれの廊下の一番奥には大きな窓があるが、夜の闇に塗りたくられてそこからは何の景色も見えなかった。

「異常はなしか……ん？」

と——北側の廊下に差し掛かった時、足が止まった。廊下奥の窓、その前に一人の男が立っていたのだ。

「うおっ！」

思わず声が出た。男は窓際で本を読んでいた。

「こんばんは」

こちらに気づいたらしく、男が声をかけてきた。少しのんびりとした、穏やかな声だった。

「……こんばんは」

内心の動揺を悟られないようにしつつ、言葉を返した。

初めて見る顔だ。俺よりも年上のように見えるけれど、廊下は薄暗いのではっきりとした年齢はわからない。

「901号室の哀野泣(かなしのきゅう)です。大変な夜ですね」

最上階の数少ない宿泊客の一人だと言う。痩せ型で背が高いが、猫背なので俺と顔の位置はそんなに変わらない。

「大変、ですか」

「本当は今日出発する予定だったんだけど、生憎(あいにく)の大雨で足止めされてしまって大変って話」

「ああ。えっと、追月朔也(おうつきさくや)です。災難でしたね。でもこんな場所で何を？」

「見ての通り、読書ですよ。月明かりの下でって話で」

「そうですか」

「こんな天気なのに月明かり？　って顔だ」

できるだけ顔に出さないようにしたつもりだったが、それでも出てしまっていたらしい。

哀野と名乗った男は雨粒の伝う窓の外を見た。

「曇りだろうと嵐だろうと、どんな夜にも月明かりは差し込んでいるって話ですよ。だって雨雲の上にはいつだってお月様がいるんだから」

独特の感性をお持ちのようだ。

「何を読んでいたんです？」

そんな独特な男が読んでいる本の内容に少し興味が出た。尋ねると彼は照れ臭そうに首を振った。

「紹介するほどのものじゃないよ」

「まあそうおっしゃらず」

「……そうかい？　それなら」

と、哀野（かなしの）は俺に愛読書を手渡してくれた。

「どれどれ。えーっと……『自分同士　～右手を培養増殖させて美少女に改造。自分で自分を抱く博士～』……」

本当に紹介するほどのものじゃなかった。やたらニッチな官能小説だ。

「あ、間違えた！　こっちこっち！」

慌てて俺の手から取り返すと、すぐに別の本を差し出した。

「ですよね！　びっくりしました。こっちの本は……三匹の子豚？　絵本ですか」

これはこれで意外だ。

「うん。絵本はなかなか深いよ。大人になって読むといろんな気づきがある」

そう熱弁する彼の顔は真っ赤だった。

「自分同士、右手を培養増殖なんちゃら――の合間に豚の話を読んでいたわけですね」

「い、言わないでくれよぅ！　でも、どっちも名作なんだ！」

めちゃくちゃにテンパってるな。面白い人だ。

「そう言うキミはこんな時間に何を？」

「夜の見回りですよ。狼でもいやしないかと思って」

「狼？」

「こっちの話です。ちょっとしたことを調査中でして。あ、俺、探偵なんです」

「探偵！　本当かい？　それは是非色々話を聞いてみたいなあ！　僕は漫画家をやってるんだけど、次は推理物を描いてみたいと思ってたんだ！」

「漫画家！　初めて見た！　すごいですね。それじゃ哀野泣っていうのはペンネーム？　へー！　俺、こう見えて結構漫画読みなんですよ。どこかで連載してるんですか？」

「誰も知らないようなマイナーなウェブ漫画家だよ。それも不定期で……売れてないんだ、僕。はは」

彼の猫背がさらに曲がった。コンプレックスを刺激してしまったらしい。

「えー、でもすごいな。俺、絵の才能がまったくないから。それじゃこのホテルに泊まってたのって、いわゆる締め切りに追われて缶詰状態になってたから、とか？」

「そうじゃないよ。クーロンズ・ホテルのことをネットの噂で聞きつけて泊まりに来たんだ。日本とは思えない異様な雰囲気のホテルがあるらしいって。要するに怖いもの見たさの好奇心なんだけど、おかげさまで実際色々とインスピレーションが湧いてるって話」

鳥保といい哀野といい、このホテルはクリエーターを引きつける魅力にあふれているようだ。

「後で部屋に戻ったら新作の構想に取り掛かろうと思ってる。どうせ閉じ込められたなら有意義な時間にしたいからね」

漫画家という人種に初めて会ってつい気分が高揚してしまい、俺はそれからしばらくの間哀野と話し込んでしまった。

お互い好きな漫画のことを話し始めると話題が尽きず、気がつけばとうに日付が変わっていた。なんと言うか、お互いの趣味が丸かぶりだったのだ。

しかし俺はまだこれから下まで見回りをしなければならないし、あまり部屋に戻るのが遅いとリリテアに心配をかけてしまう。いつまでもここで立ち話を続けるわけにはいかない。

「もう行かないと」

「もう行っちゃうのか、さっくん」

「名残惜しいけどね」

去り際、狼が出るかもしれないから夜は出歩かない方がいい——彼にそうアドバイスしようかとも思ったけれど、やめておいた。映画関係者ではない彼には関わりのないことだ。俺にその行動を制限する権限はない。

「それじゃおやす……」

「ああ——そう言えば」

「え？」

その場を立ち去ろうとした時、ふいに哀野が俺を呼び止めた。

「えーっと」

「いや、さっき調査がどうとかって言ってたろ？　深くは聞かないけど、何か事件？」

話すべきか迷う。

「ああ、いいよいいよ。ただ、昨日このホテルの歴史をあれこれ尋ねてたんだけど、興味深い話をオーナーから聞いたんだ」

「……趙さんに？」

「そう。この話、何かキミの調査の役に立つかなと思って」

「ちなみにどんな話？」

「昔話だよ。なんでもこのホテルで二十年くらい前に——殺人事件があったらしいって話」

強い風が吹いて、窓ガラスにジャっと雨粒の塊がぶつかって弾けた。

「殺人事件？　それは知らなかったな」

「当時ここに泊まっていた一家が一夜のうちに次々と殺されたって話だ。噂じゃ首を食いちぎられていたって」

なんとも陰惨な話だ。

「でもあの趙さんが過去の話とはいえ、よく自分のホテルで起きた殺人事件の話を聞かせてくれたね」

「そこはほら、僕は漫画家としてしょっちゅういろんな職種の人に取材をしてるからさ、相手の懐に飛び込むのはそれなりに得意なんだ」

そういうものなのかと感心する。そう言えばいつの間にか俺もすっかり彼と親しくなっている。

「なんて言ってはみたけど、僕も聞き出せたのはここまでなんだ。それ以上詳しいことは教えてもらえなかった」

残念、と結んで哀野は肩を竦めた。

「二十年前の事件……か」

例の脅迫状とは関係ないと思うけれど、一応覚えておこう。

「それからもう一つだけ。今のとは関係ないことでもいい？」

「もちろん」

「このクーロンズ・ホテルってさ、不思議な構造してるよね？　お世辞にもきれいとは言えないし色々不便だ」

「まあ、確かに」

「建物自体も古いし、過去にそんな凄惨な事件もあった。なのに、なんだかんだで長年ホテルとして続いてる。それに、狙ったのかどうかわからないけど、今日みたいな大雨でもへっちゃらな立地に建っててさ、なんていうか、何かに護られてるみたいな感じがしない？　って話」

「……護られてる？　急に抽象的だな。オカルト的な話？」

「そんな胡散臭そうな目で見ないでくれよ。でもまあオカルト……なのかな？　僕の見立てではどうもこのホテル、かなり風水に気を遣ってるみたいなんだ」

「風水って、あの方角がどうとかって言う中国の占い？　運気を気にしてるのか」

「うん。そっちも昔、取材の一環で調べたことがあるんだ。四神相応っていうのかな？　このホテル、東西南北に守神を配置することで厄除をしてるんだって」

「四神」

聞いたことがある。東西南北にそれぞれ青龍、白虎、朱雀、玄武の四つの神を当てはめる考え方だ。

「ほら、あの龍のオブジェもその一つさ。四神で言うところの青龍だね」

となると西棟の虎の剥製もそういうことなのだろうか。

「もしかすると、二十年前の事件がきっかけで運気を気にするようになったのかもしれないね。ほら、ロビーの吹き抜けがあるだろう？　あれって風水ではあんまりいいものじゃないらしいから、別のもので運気を補おうとしてるのかも」

「趙さんなりに過去のことを気にしてる、とか？」

「もしかしたらね。僕が聞いたのはこんなところ。ただの世間話だとでも思ってくれって話だよ」

「そう思うことにする。ありがとう」

漫画家の哀野と別れて階下へ降りると、俺はそのまま順番に各階を見て回った。

「クーロンズ・ホテル……二十年前の事件……か」

階段を降りながら、俺は先ほど聞かされた過去の事件について、歩きがてらスマホで調べてみた。探ってみると、確かにそれらしい事件が浮かび上がってきた。

『リトル・クーロン一家殺害事件』

被害に遭ったのはホテルに宿泊していた家族で、四人も殺されていた。

宿泊と言っても、実際はごく安価な家賃で何ヶ月も逗留しており、ほとんどここに暮らしていたようなものだったらしい。行き場のない家族が当時のオーナーの善意で部屋を提供してもらっていた、ということかもしれない。

そしてその一家は殺されてしまった。

遺体はいずれも鋭い牙を持つ獣に食い殺されでもしたみたいな様子だった——と記事には記されていた。

こんな時間にこんな場所で、一人で読むような記事じゃなかった。

「ああ嫌だ嫌だ」

犯人は無事捕まり、事件は解決済みとなっていたのがせめてもの救いだった。

けれど犯人の動機など、それ以上の詳しい情報は出てこなかった。

「で、二十年経って今度は脅迫状か……」

よくない場所にはよくないことが重なる。それが気の流れのせいなのか、人の流れのせいなのかはわからないけれど、このホテルは何か起きそうな雰囲気が充満している。

警戒しながら一階まで降りたけれど、どこにも特に不審な物や人物は見当たらなかった。

それならそれでいい。何かあるよりは、ずっと。

「戻るか」

夜の静寂を和らげる意味で一人つぶやき、一階西側の廊下からロビーへ戻った。

そこで——俺の足は止まった。

立ち止まらざるを得なかった。

誰もいないフロントの受付カウンター前。その薄暗闇に誰かが立っていた。

顔は影になっていてここからだとよく見えない。

「誰だ……？」

そいつは上半身裸で、右手に不思議な形をした刃物を持っていた。

そしてカウンターの上には――。

人間の生首が安置されていた。

「ううっ!?」

どうにも堪(こら)えきれず、声が漏れてしまう。

その首はたった今、その何者かの手によってカウンターに置かれたことは明らかだった。

宿泊客が鍵やコートでも預けるみたいに。

その顔――その首――俺には見覚えがあった。

名籤(なくじ)だ。あれはゆりうのマネージャーである名籤淳五(じゅんご)の首だ。その顔には苦しみも悲しみも感じられない。無表情なまま絶命していた。

闇の中に立つ何者かは、几帳面(きちょうめん)な様子でカウンターの左右の幅を確かめている。

どうやら、名籤の首がきっちりカウンターの中央にくるように調整しているらしい。その謎の几帳面さに俺はゾッとした。

位置が定まるとそいつは満足げに肯き——くるりとこちらに向き直った。

声を耳にするまでもなく、俺の気配には気づいていたとでも言うように。

瞬間、相手の顔がはっきりと見えて、またゾッとした。

そいつの首から上は——狗だった。

出た。現れた。いた。狗頭のベルボーイ！

名前だけじゃなくて本当に頭が狗なのか。

「なんだ……おまえ……！　その首で何やってんだ！」

叫んだが、ヤツは俺の声など無視してこっちへ駆け出してきた。

半開きの口から牙と舌が覗いており、その目は真っ暗だった。

なにもない。真っ暗。虚無だ。

「うわあああっ！」

瞬間、最大の鳥肌が全身に立ち、俺は本能的に階段へ向かって走り出していた。

殺られる。死が形を成して迫ってくる。

冗談じゃない。

あんなモノを真っ向から相手にする趣味も勇気も、俺にはない。

六階だ。逃げるなら六階。そこには撮影関係者たちが泊まっている。ゆりうと一緒にリリテアもいる。

なかなか遠い道のりだけれど、なんとかそこまで逃げて助けを呼ぼう。大丈夫。俺の方が圧倒的に階段に近い。ホラー映画にありがちな転び方でもしない限り追いつかれる心配はまずない。

そうして頭の中で算段をつけながら、足を休めず三段飛ばしで階段を駆け上がろう……としたのだが、顔を上げると狗頭のベルボーイはもう階段の上に立っていた。

「な、なんで俺の上にいるんだよ……」

いつ追い抜かれた？

「まさか……階段の横の壁を駆け上がってショートカットしたのか？　三メートルはあって言うのに……そんな人間離れした動き……」

人間ではないとしたら？

「なんなんだよぉぉ！」

——だから狗頭だって言ってんだろ。

物言わぬそいつの顔がそう言っているように、俺には見えた。

その時になってヤツが持っていた刃物の正体がようやくわかった。

柳葉刀だ。刃幅が異様に広い独特の形状をした中国刀。似た武器の青龍刀と勘違いされがちだけれど、俺の目はごまかされない。

で、ごまかされなかったからなんだって言うんだ。

高く跳躍し、ベルボーイがこちらに襲いかかってくる。

「うぅ……くっ！」

俺は反射的に体をのけぞらせた。柳葉刀が俺の目の前で空を切――らなかった。

現実はアクション映画とは違い、そううまく凶刃を躱せるものじゃないらしい。

左肩から二の腕にかけてざっくりと斬られた。深い。骨まで達している。

さらに続けて蹴りを食らって後方に大きく吹き飛ばされる。せっかく上った階段を下まで転げ落ちてしまった。

「ゲェ……グ……ゲホッ……！」

息ができない。声も出せない。視界がチカチカして口の中に血の味が広がった。

壁につかまりながらなんとか立ち上がる。

斬られたところから血液が滝のように流れ出し、ベルボーイは刀をご機嫌に振り回しながら階段を一段ずつ降りてくる。

俺は距離を取ろうとロビーを反時計回りに移動した。

なんだこいつ。この異様な身体能力、格闘技術はなんだ。

ここがリトル・クーロンだからか？　中国映画の登場人物、全員デフォルトでカンフー強いみたいな、そういうアレだろうか。

膝が震える。呼吸も回復しない。

ベルボーイがまっすぐ突っ込んでくる。

ああ、これは殺されるなと思った。

逃げてもダメ、挑んでもダメ。

なら——やるしかない。

死ぬなんてこと、最悪中の最低だけれど。

殺されるなんてまっぴら金輪際ごめんだと思っていたけれど——。

俺は覚悟を決めて足を踏み出し、希望を持って殺されにいった。

「この……！」

俺は両手を前に突き出し、相手に掴(つか)みかかった。

意識、飛ぶなよ。

ぞふと音がして柳葉刀の刃先が俺の腹に深々と突き刺さった。

一瞬にして下半身から力が抜ける。でもこれくらいは覚悟の上だ。

俺は両手にありったけの力を込めて、熱い抱擁みたいにベルボーイを抱きしめた。

この距離に近づくとよくわかる。こいつは頭からマスクみたいに狗(いぬ)の顔を被(かぶ)っている。

より正しく言えば、狼(おおかみ)の頭の剥製(はくせい)を被っている。

ホテルの廊下の壁にあちこち動物の頭の剥製が飾ってあるのを見かけたが、あれを奪って扮装(ふんそう)に利用したのだろうか。

「おまえ……なんでこんなこと……？」

腹を貫かれて、そのままただ死を待つのも乙なものだったけれど、せっかくなので空いた最後の時間を使って相手に尋ねてみた。

なあ、教えてくれよ。なんで名籤（なくじ）を殺した？

いいじゃないか。どうせ俺はもう死ぬんだ。

「死人に口無し……って言うだ……ろ？」

するとそいつはくぐもった小さな声で教えてくれた。

「テンニョ……ケガスナ」

気づけば俺の体は床に崩れ落ちていた。

転がったままロビーの吹き抜けを見上げる。

動かなくなった俺のことを龍（りゅう）だけが見下ろしていた。

三章　もげてましたよね？

気づけばそこはベッドの上だった。

目覚めは最悪だった。

眠りすぎた時独特の吐き気と、自分の肉体が自分のものではないかのような気色の悪い浮遊感——。

ゆっくり眼球だけを動かして部屋を眺め回す。そこは間違いなく俺たちの宿泊しているホテルの部屋で、窓の外はまだ暗かった。

横たわる俺の頭の下には柔らかく温かな枕が敷かれている。

探偵の助手ことリリテアの膝枕だ。目覚めの時にはいつも彼女が一番そばにいる。

けれど——今回に限って彼女はまだ俺が息を吹き返したことに気づいていない様子だった。

ぼうっと部屋の隅の方を見つめながら何かをつぶやいている。

生き返ったことをすぐに伝えようかとも思ったのだが、彼女が何をしているのか軽く興味を惹(ひ)かれて、俺はそっと耳をすませてみた。

「その言葉、そっくりそのまま蝶々(ちょうちょう)結びで……お返しします。……ちょっと違うかしら……。お返し……お返し致します。蝶々結びでお返し……」

女子高生探偵うずらの決め台詞だ。

ノリノリで台詞の練習をしている。我がリリテアは女優業に興味津々のご様子だ。

「ううっ……！」

俺はいかにもたった今生き返りましたというふうに、大きめにうめき声を上げてみせた。

「あっ」

気づいたリリテアは慌てて秘密の個人レッスンを切り上げ、服と髪を両手で手早く整え始めた。

「蘇りなさいませ、朔也様」

身嗜みが整うと膝の上の俺を覗き込み、決まり文句を口にする。

「ただいまリリテア。その、俺は……」

ロビーで対峙したバケモノ。

狗頭のベルボーイ。

俺はアイツの手にかかって——。

「また殺されてしまったのですね、探偵様」

探偵様。リリテアが皮肉を効かせて言う。

「そうらしいね」

時刻は午前四時前だった。

「ところで朔也様……今、何か聞いたりしませんでしたか？　聞いていませんよね？」

「え？　何が？　何も聞いてないよ？　今生き返ったとこ」

デートの待ち合わせみたいなことを言ってしまった。

「……ところで今の状況は？」

死の名残によりわずかな目眩(めまい)を感じながら体を起こす。

「色々とございました。ですがあまり悠長にお話ししている時間はないかもしれません」

つまりそれは、犯人はまだ捕まっておらず、他の犠牲者がまたいつ出てもおかしくない状況にあるということだった。

「俺を殺したのは狗(いぬ)の被(かぶ)り物をした異様な男だったよ」

「犯人は文字通りの狗頭のベルボーイというわけですか。……それにしても、うかつな人。あれだけ大丈夫だって言ったのに」

「返す言葉もないよ」

リリテアは怒っている。

毎度俺が殺されるたびに死体を介抱して、生き返るまで延々と待たされる——。彼女の立場と気持ちを思えば、怒るのも無理はない。

「それで、俺が死んでいる間の経緯(いきさつ)を訊(き)きたいんだけど……」

「私(わたくし)が最初に異変を感じたのは午前一時二十分過ぎのことでございました。その時、私はゆりう様と二人で彼女の部屋におりましたが、突然ホテルのどこかで悲鳴が上がったのです。残り三マスでゴールという大事な場面で……」

「三マス？」

「前世の負債も返済間近でしたのに」

二人で人生転生ゲームを満喫していたらしい。

「それから誰か、誰かと人を呼ぶ声。すぐに部屋を出ますと、声はロビーの方から聞こえておりました。ロビーに降りるとそこには鳥保（とりほ）監督が。そう、声の主は彼でした」

「なんであの人はそんな時間にロビーに？」

「どうしても寝付けず、一服するつもりで廊下に出たのだそうです。そして六階の回廊の手すりにもたれて、ロビーを見下ろしながらタバコに火をつけようとした。その時、ロビーの床に血液らしきものが付着していることに気づいて、確かめようと一階へ降りたのだとおっしゃっていました」

脅迫状が届き、スタッフに部屋から出るなと言っておきながら自分が出歩くとは。俺以上にうかつな人だ。

「異変って、もしかして名籤（なくじ）の首が見つかった……とか？」

「朔也（さくや）様、ご覧になっていたのですか？」

案の定だ。俺が殺される前に見たものは夢なんかじゃなかった。

「見たよ。フロントカウンターの上に置いてあったんだろう？」

自信を持ってそう言うと、リリテアは怪訝そうな表情を浮かべた。

「……違うの？」

彼女は部屋のドアを開け、俺を振り返った。

「実際にご覧になりますか？」


案内されるままにロビーに降り、俺は鳥保が見たのと同じものを見た。

それはやっぱり名籤の首だった。

ただし、カウンターの上ではなく、彼の首は龍の口に咥えられていた。

龍と言っても、もちろんそれはロビーに飾られているオブジェだ。

だがその悪趣味さにしばらく言葉が出なかった。

「腰を抜かし、鳥保監督はこう繰り返しておられました」

――脅迫状は本物だったんだ！

「駆けつけた時には名籤氏はすでにこのようなお姿でございました。オブジェの足元には彼の首から下も横たわっておりましたが、現在は厨房裏手の冷凍室に一時的に安置しております。首の方は無理やり龍の口に押し込められており、牙が頭部に食い込んで外そうにも外せませんでしたので、心苦しいことですが今もまだそのままとなっております」

言われてみると床に血痕が残っている。そこに首のない胴体が倒れていたのだろう。

「首……なんでこんなところに噛まされてるんだ？」

あの時、狗頭のベルボーイはフロントの受付カウンターの上にきっちりと首を置いて、それで満足しているように見えた。それなのになぜ？

「声を聞きつけて他の皆様も起きてこられ、ロビーは騒然となりました」

「警察には？」

「漫呂木様が連絡なさっておいででしたが、生憎の大雨による道路の大規模な浸水によって、到着は日の出以降になるとのことでございます」

動かぬ龍の顎が名籤の血で赤黒く汚れている。すでに凝固しており、滴る様子も見せない。

「つまりそれまでの間俺たちはこのホテルで……」

「はい。名籤氏を殺害した犯人と共に過ごすことになります。皆様、恐怖に戦いておられます」

「それはたまったものじゃないだろうな。あんな不気味なヤツと一緒なのは」

狗の顔で、上半身は裸で、巨大な刃物を振り回して追いかけてくる男。あまり思い出したくない姿だ。

「いいえ、他の皆様は誰も犯人のその姿を目にしておりません。恐れているのは別の理由からでございます」

首を傾げる俺に対してリリテアはある一点を指差した。

受付カウンターの奥の壁だ。そこには文字が書かれている。

昔この街を牛耳っていた裏社会の組織の連中が残した言葉だという話だ。

あれなら雨瀧と雨漏りの件で話していた時に俺も見た。

「あれがなんだって言う……」

言いかけて、気づいた。文字の様子が様変わりしていたのだ。

[redacted]
強欲者は水底に。
不逞の輩は虎の爪に——

「前半が上から塗りつぶされてる……」

「私どもがロビーに集まった時、すでにこの状態でした」

近づいてよく見てみると、文字の上から塗りたくられているのは人の血のようだった。

「十中八九どころじゃなく、犯人の仕業だな」

「はい。裏切り者は龍(りゅう)の顎(あぎと)に。塗りつぶされた一行目の内容をなぞるように、名籤(なくじ)氏の首は龍の顎に咥(くわ)えられておりました。これはいわゆる――」

「見立て殺人だな」

それは、童謡の歌詞や戯曲の筋書きに沿った形で進められていく殺人のことを指す言葉だ。

「アガサ・クリスティ、エラリー・クイーン、ヴァン・ダイン……それに横溝正史(よこみぞせいし)。数多(あまた)の推理作家が扱っている題材でございますね」

彼女はそう説明してくれたが、俺は推理小説のことはあまり詳しくない。弁解するわけじゃないけれど、探偵がみんなミステリ好きとは思わないで欲しい。ＳＦ小説を読まない科学者だっているはずだ。

血は壁を滴り、乾いてドス黒く変色している。ホラー感が満載だ。

「つまりこれは、訓示の通りに犯行を続けていくぞっていう、犯人の意思表示ってわけか」

「はい。これを見れば、狗頭(くとう)のベルボーイによる殺人がこの後も続くであろうことは誰の目にも明らかです」

だからリリテアは、あまり時間はないと表現したのか。

「ではどうするのか。こんな恐ろしい殺人を行う犯人と同じホテルに朝まで留(とど)まっていなければならないのか。次は誰が殺されるんだ――と皆様、狼狽(ろうばい)しておいでですがそんな中、ゆりう様が気丈にもこう叫ばれたのです」

――安心してください！　偶然このホテルには優秀な探偵さんが宿泊中です！

「優秀な探偵って、もしかして俺？」

随分と持ち上げられたものだ。

「そう言えばそうだった――と、鳥保(とりほ)監督をはじめとして、皆様そのことに一縷(いちる)の希望を見出(みいだ)されたご様子でした。当然ながら、では追月朔也(おうつきさくや)はどこだ、探偵をすぐにここに呼べという話になり」

「でも俺はその時にはもう……」

我が身を振り返って思わず口を挟みかけたが、リリテアは構わず話を続けた。

「しかし残念ながらご覧になった通り、訓示は二行目も塗りつぶされておりました。つまり、皆様の期待に反してその時すでに第二の殺人は完了していたのです」

ああ、そういうことになるよな。

「そしてちょうどそのタイミングでした。ホテルの若い従業員、雨瀧(うたき)さんでしたか、彼女が六階の回廊の手すりから身を乗り出し、火事だと叫んだのです」

リリテアがロビーの吹き抜けの上方を指差す。

「雨瀧ちゃんが？　火事だって？」

「火元は南棟の６０６号室でした」

「……待てよ、その部屋って確か」

記憶をたぐる。

「はい。ゆりう様のマネージャーである名籤氏の部屋です」

語りながら彼女はロビーの階段へ足を向けた。俺は話に耳を傾けながらその後を追った。

「鳥保監督が名籤氏の遺体を発見し、皆様がロビーに集まりはじめていた時、雨瀧さんは最上階付近にいたために騒ぎに気がつかなかったそうです」

二人で軋む階段を上る。途中、俺は何度か階段につまずいて転びそうになった。ひどい死に方をして復活したばかりだからか、体が思うように動いてくれない。

「あれー？　俺、こんなとこにデキモノなんてあったかな？　やだなー」

なんだか一瞬にして十歳以上も歳を取ってしまったみたいな感覚だ。

「何か？」

「いや、こっちの話。それで、雨瀧ちゃんは最上階で何してたんだ？」

「雨漏りが発生していないか、眠い目を擦りながら健気に見回りをしていたそうです」

雨瀧、ロビーであんな塩対応をしておきながら、夜中にこっそり神対応とはやってくれる。あれで真面目なところもあるらしい。

「そして六階へ降りてきた時、彼女は６０６号室のドアの隙間から煙が漏れ出ているのを目撃しました。ドアには鍵がかかっており、中へ呼びかけるも返事はなかったそうです。

そこで雨瀧さんが合鍵を用いてドアを開けたところ、部屋の中は煙が充満していたということです」

　その段階で確信して雨瀧は「火事だ」と叫んだ。

　リリテアはその声を聞いて即座に606号室へ向かった。その際ロビーには多くの人が残ったが、他に漫呂木と鳥保もついてきたという。

「私が606号室に到着した時、ようやく火災報知器が鳴り、天井から水が撒かれ始めました。立ち込める煙の向こうに目を凝らしますと、部屋の床に誰かが倒れており、火はその人物の体から上がっておりました。ですが、それもじきに消火されました」

「人が燃えていた？　名籤の部屋で？」

　リリテアは俺の疑問には答えず、さらに続けた。

「私は安全を確かめながら部屋に立ち入り、残った煙を逃がすために鍵を外して窓を開けました」

　彼女がそう話した時、現実の俺たちも606号室の前に到着していた。ドアは開けたままにされている。

「このドア、雨瀧ちゃんが合鍵を使って開けるまでは施錠されてたんだよな？」

「間違いなくそうだったとおっしゃっています。そして入口横の鍵掛けに606号室の鍵がかけられていたのを見た、とも」

「つまり」

「はい。つまり——密室でございました」

「あー……」

思わず頭を掻き毟る。厄介なことがまた一つ増えた。

「それから私は倒れていた人物に声をかけようとしたのですが、それが無意味な行為だとすぐにわかり、諦めました」

「無意味？」

「燃えていた体には首がなかったのです」

「首……」

つまり倒れていた人物は声をかけるまでもなく死んでいた。

第二の殺人はすでに完了していた。

「そのことを悟ると鳥保監督はますますヒステリックになられ、早く探偵をここに呼べと騒がれました。ですが彼の要望はすでに不可能……いえ、厳密にはすでに叶えられていたのでございます」

俺はため息をついた。

「……分かったよ。つまり、ここで殺されていたのが俺だったわけだな」

「はい。この部屋で朔也様はすでに殺害されておりました」

俺は恐る恐る６０６号室に足を踏み入れた。床とベッドのシーツの一部が焼け焦げ、天井は煤(すす)で汚れていた。火の手の名残だ。元は繊細な模様が入っていただろうに、カーペットも台無しだ。

「燃やされていた死体……。邪魔者は鳳(おおとり)の焔(ほのお)に――か」

あの龍(りゅう)のオブジェはロビーでも東側に飾られている。そしてこの６０６号室は南棟にあり、火の手はそこで上がった。

東の龍は青龍(せいりゅう)なら、南の鳳は朱雀(すざく)に置き換えることができる。

「なるほど、ホテルの各方角に配置された四神か」

リリテアが部屋のベッドを指差す。

「朔也様の首はそちらのベッドの上に転がっておりました」

「ここで……ねぇ」

「そのタイミングで、遅れてゆりう様とスタントマンの白鷺(しらさぎ)様が部屋にいらっしゃいました。ですが朔也様の死を知ってゆりう様はその場にくずおれ、白鷺様はそんなゆりう様を必死に気遣われておられました」

俺のそんな変わり果てた姿を見せてしまうなんて、ゆりうちゃんには申し訳ないことをした。

「でもなんで犯人はわざわざ俺の首を切ったりしたんだろうな。見立てなら殺した死体に火をつけるだけで完成しているはずだ。だいたいなんで俺の死体が名籤の部屋に転がってるなんてことになったんだ……？」

俺がベルボーイに殺されたのはロビーだったはずだ。

「それは私が訊きたいです。このようなところで一体何をなさっていたんですか？　まさか密通ですか？」

リリテアが微妙に俺から距離をとる。

「いや、そんなバカな！　なんで俺が真夜中にこっそり名籤の部屋を訪ねなきゃいけないんだ！」

そんな覚えはまったくない。

「そのことはまた落ち着いてから申し開きしていただくとして、以上のような形で朔也様は発見されたのです。体も、そして一張羅のお洋服もすっかり焼け焦げていて、それは無残な状態でございました」

「……服も？」

「当然です。体に火を放たれていたのですから」

そう言われて俺はそこで、生き返って以来初めてまともに自分の姿を確かめた。

確かに服はひどい状態だった。肉体は再生を終えていたが、服は焼け焦げてズタボロで、これじゃまんま墓から蘇ったゾンビだ。実際その通りなのだけれど。

「先に言ってくれよ！　こんな格好で歩き回っちゃったじゃないか！」

こんな意味のない叙述トリックは嫌だ。

「ご安心ください。ホテルに宿泊するにあたり、しっかりと着替えをご用意しております。後でお着替えしましょうね」

だったらなおさら部屋を出る前に教えて欲しかった。

「朔也様のひどい状態のご遺体を私どもの部屋に運び移してくださったのは、漫呂木様と白鷺様です。その内訳は体が白鷺様、首が漫呂木様となっております」

「その内訳いる？」

「ゆりう様はショッキングな出来事を前にして、それはそれは大泣きをされておりました。おそらく今もお部屋で塞ぎ込んでいらっしゃることでしょう。後でごめんなさいしにいきましょうね」

生き返ったことをどう説明したものか。今回はさすがに悩ましい。首を切られて体を燃やされて、それでも運よく助かったと胸を張って言う自信はあまりない。

「俺の体と首をくっつけて安置するよう指示してくれたのはリリテアだな？　ありがとう」

礼を言うと彼女は恭しく頭を下げてから小さくピースした。ピースはいらないだろ。

俺は改めて生きていることに感謝しながら、肩をグルグルと回した。関節がキシキシして可動域が狭く感じる。まだ体は本調子じゃないらしい。

「首と体が別々に安置されていたら生き返れないところだったよ」

俺は死んでも殺されても生き返ってしまう。特技というわけじゃないけれど、そういう体質だ。

そして生き返る時には、当然ながら肉体の再生が起きる。

傷つき、死滅した細胞が蘇生して傷が塞がり、切り離されていた手足や首があるならそれらも元通りにくっつく。

ただし、それはそれぞれのパーツがすぐそばにあればの話だ。

俺自身まだ自分の肉体の特性に関して全てを検証したわけじゃないけれど、もし五体をバラバラにされて離れた場所に捨てられでもしたら、おそらく復活は難しい。

首や腕だけがひとりでに地面を這って一箇所に集合する――なんて都合のいい、気味の悪いことはさすがに起きないだろう。

「しかし……ひどいことをしてくれるよ」

俺は自分の首が転がっていたらしいベッドから顔を上げ、壁に視線を移した。

その壁一面に書かれたメッセージの存在は、部屋に入った時からずっと視界に入っていた。

『ベルボーイはノックをやめない』

　おそらくは俺の血で書かれているんだろう。

「やってくれるね」

　これは犯人からの挑戦状だ。

「俺はベルボーイに殺された。犯行途中のヤツの姿を見ちゃったからだ。でもそれはロビーでのことだ。なのに俺の死体は六階の６０６号室で見つかった」

「訓示の二行目、鳳の焔になぞらえるためですね」

「そういうことになる。だけどそのためにわざわざ俺の体を抱えて六階まで上がるなんて妙に律儀というか、大した根性だよな。エレベーターも故障してて使えないのに」

「そして名籤氏の部屋に入り、朔也様の首をはねて火を放った。いつ人と鉢合わせするとも知れないリスクを負ってまで」

　リリテアが俺の思考の整理を手助けしてくれる。

「よっぽど見立て通りに進めたかったんだな。あの見た目に反して几帳面っていうか、完璧主義なのかな？　でもなあ」

　俺は頭を掻いてベッドに腰を下ろす。

「なんかしっくりこないんだよな。南棟の中でも６０６号室だったのは、まあわかる。この部屋が無人なのは分かっていることだからな。犯人自身がすでに名籤を殺してたわけだから」

「犯人は廊下から声をかけて名籤氏にドアを開けさせたのでしょうから、その時点で部屋の鍵も開けられていますものね」

　そのようにして名籤を誘い出したのなら、犯人は顔見知りの可能性が高い。

「この部屋は第二の見立て殺人の場所としてはうってつけだ。……なんだけど、だとしても死体をかついで六階まで戻るなんて手間をかけるかな？」

　俺だったらそもそも上りきれない。体力的に。

「別に炎をつけるだけならホテルのどこでもできる。方角としては南棟であればいいんだから、別に一階だっていいんだ。でも犯人は六階を選んだ……六階。わざわざそうしなきゃならない理由が……」

　名籤は首を切られて龍に喰われ、俺は首を切られて火炙り。

　名籤の体の方は――。

「あっ！」

「どうなさいました？」

「リリテア……さっき、名籤の死体は最初どうなってたって言ったっけ？　首じゃなくて体の方！」

「首から下ですか？　ですから例の龍のオブジェの下に……」

「な、なかったよ！」

「きゃ」

言質を取ったことで俺は思わず興奮して立ち上がり、リリテアの肩を掴(つか)んで叫んでしまった。リリテアは珍しく驚いて小さく声を上げた。

「あの時！　俺が一階のロビーでベルボーイに襲われた時！　あの場に名籤の体なんてなかった！」

「それはつまり……あ」

彼女も俺と同じことを察してくれたらしい。

「リリテア！」

「こちらです」

俺たちは互いに肯(うなず)き合い、６０６号室を飛び出した。

本格的に走り出してみると、俺の体の動きの鈍さがさらに気になった。どうもいつもと勝手が違う。細かい不具合を感じる。

けれど、さもありなんというやつだ。それもそのはずだ。なんて間抜けな話だろう。

無事に生き返ったつもりで歩き回っていたけれど、これは俺の体じゃなかったんだ。

もう一度言う。こんな叙述トリックは嫌だ。

一階の冷凍室の隅で、首のない死体はカチコチに固まっていた。

「どうですか？」

「間違いない」

その体を検めた上で俺は確信を持って言った。

「こっちが俺の体だ」

名籤の首と共にロビーで発見され、その後この冷凍室に運ばれたこの体。それこそが俺の本来の体だったのだ。

「入れ替えられていたんだよ。ベルボーイの手で。ほら、ここ。体の腹の部分に残ってる大きな切り傷。これはベルボーイが凶器に使ってた柳葉刀で貫かれた時のだ」

「そう言えば確かに、６０６号室で発見された体は、炎によって焼かれてはいましたが、そのような刺し傷はございませんでした」

てっきり生き返る過程で腹の傷も再生して消えたのだと思っていたけれど、違ったのだ。

「……なんということでしょう。ご自身の肉体を取り違えるなんて」

リリテアが呆れている。

「言わないでくれ！　なんか変だなーとは思ってたんだよ。妙に動きづらいし、覚えのない恥ずかしい場所に変なデキモノあるし。だけど体型がかなり似ててすぐには気づかなかったんだ……」

「恥ずかしい場所ってどこですか？」

「そ、それに他人の体と俺の首を一セットにして安置されたことなんて今までなかったから……」

「いいだろどこでも！　まさかこんな形で生き返るなんて……」

「だとしても、普通それでくっつきますか？　生き返りますか？　朔也様はプラナリアの亜種か何かだったんですか？　非常識です」

非常識は今更だけれど、自分でも衝撃だ。他人の体とくっついて生き返ることがあるなんて。

また新たに自分の体質の異常性を知ってしまった。ちょっと落ち込む。

「やっぱりベルボーイは間違いなくロビーで俺を殺したんだ。そして名簸はロビーじゃなく、彼の部屋、６０６号室で殺された」

「あの部屋で焼かれていた体は名簸氏のものだったのですね」

「ああ。ベルボーイは俺の体をかついで一階から六階まで上るのは難しいと考えたんだろう」

「そこで朔也様の体から切り離した首と、剝ぎ取った服を持って６０６号室へ戻ったのですね」

俺は最初、なぜ燃やすだけでなくわざわざ俺の首まで切ったのか不審に思ったけれど、逆だったのだ。切ったんじゃなく、持ち運ぶために切らざるを得なかったのだ。

「そう。606号室には名籤《なくじ》の首から下が転がっていた。あとは俺の首をベッドの上に置いて、名籤に俺の服を着せ、俺の体に名籤の服を着せればいい。それで交換完了だ。もちろんこのあたりの浸水が収まってホテルに警察が到着すれば、鑑識によってすぐに入れ替えはバレてしまうだろうけれど」

「それまでの間なら見立て殺人の形を保っておける——ということですね」

リリテアは俺の考えを即座に理解してそう言った。けれど俺にはその先の考えがあった。

「そうだ。思いつきの、急ごしらえの見立て殺人をね」

「……思いつき、ですか？」

俺の口から予想していなかった言葉が飛び出して驚いたのか、リリテアは素朴に首を傾《かし》げた。

「思いつきだよ。見立て殺人なんて、一連の殺人に一貫性があるように思わせて、おどろおどろしく仕立てるための装飾だったんだ」

「ただの辻褄《つじつま》合わせということですか」

「ああ。殺人計画と見立て……この順序も逆だったんだよ。考えてもみろよ。俺がこのホテルに泊まることになったのは完全に偶然だ。ベルボーイがどうこうできることじゃない。アイツはあくまで映画関係者に対して脅迫状を出していたんだし、俺の存在はイレギュラーだったはずだ。当然、深夜のロビーで俺に姿を見られてしまったことも想定外なら、口封じに止(や)むを得(え)ず俺を殺したことも計画外のことだった」

探偵を始末した後で、さてどうしたものかとさぞかし悩んだだろう。

「だけど、その時ベルボーイはロビーであの訓示を目にして、自分がすでに実行した二つの殺人を訓示になぞらえることを思いついたんだ。そしてそれは同時に犯人の狙いが名籤一人じゃないことを意味する」

引き続き次の殺人を起こすつもりでいるからこそ、こんな面倒な思い付きに舵(かじ)を切ったりしたのだ。

仮に犯人の目的が名籤一人を殺すことだったとしたら、目的はもう達成されている。その場合、見立て殺人になぞらえる必要性もない。

「急遽(きゅうきょ)予定を変更したと？　しかしどうしてそう確信を持って言えるのですか？」

「見たからだよ。あの時ベルボーイはすごく几帳面(きちょうめん)に名籤の首をカウンターの上に置いてたんだ。きっと当初の計画ではあそこに首を置いて晒(さら)すつもりだったんだろう。それでも翌朝発見された時のインパクトは充分だった。それなのに結局思い直したように首を龍(りゅう)の口に無理矢理(むりやり)押し込んだ」

実際なかなか見事な対応力だ。

「その情報は、朔也様が生き返ることのできる人だからこそ持ち帰ることのできた情報ですね」

その点について彼女は納得したというように肯いた。

「ところで、もう一つ気になっている点があるのですが、犯人はどのようにして６０６号室の密室から抜け出したのでしょう？　雨瀧さんが煙に気づいた時、ドアには鍵が掛かっていました」

「ああ、それについては簡単だよ」

「簡単なのですか」

推理の主導権を握られて面白くないのか、リリテアは少し頬を膨らませて不満そうな顔をした。

簡単とは言ったものの、俺もあの時あの場にいたら惑わされていたかもしれない。だけどリリテアから間接的に話を聞けたことで、客観的に考えることができた。

「犯人はずっと部屋にいたんだよ」

「そんなことをすればすぐに見つかって……あ、そうですね」

反論しかけたリリテアだったが、すぐに理解した。

「確かに簡単なことでした。不覚です」

「そう。雨瀧ちゃんが慌てて鍵を開けて中を確かめた時、部屋の中は煙が充満していて、物凄(ものすご)く視界が悪かった。犯人はその煙の向こうにいたんだ。まあ、ベッドの下くらいには隠れていたかもしれないけど」

「それに普通、ドアを開けてそのような状態を目の当たりにすれば、人は部屋に立ち入るのを躊躇(ためら)いますね。まずは引き返して人を呼ぼうとするはず」

「現に雨瀧ちゃんはその場を離れて人を呼びに行った。その間に部屋を抜け出したんだろう」

「カラクリはわかりました。ですが、そのタイミングで雨瀧さんが通り掛からなかったらどうなっていましたか？　煙に巻かれて犯人自身が危なかったのでは？」

「いや、逆だよ。元々犯人はあんな密室を作るつもりはなかったんだ。だけど自分が606号室を立ち去るよりも前に雨瀧ちゃんに異変を気づかれちゃったもんだから、むしろ慌てたんじゃないかな」

「ですが煙が廊下に漏れ出ていたら、雨瀧さんでなくてもいつ誰に気づかれるかわかりません。リスクが高いかと」

「発見されるリスクの少ないタイミングを選んだんだよ。思い出してみて。ホテルにいる人たちの多くはその時どこにいた？」

「……なるほど、鳥保(とりほ)監督の悲鳴を聞きつけて皆様一階のロビーに集まっておられましたね」

「そうだ。人の目はそっちに集中していた。でも雨瀧(うたき)ちゃんだけは雨漏りの点検中でそこから漏れていた」

この事件は犯人にとっても綱渡りの部分が多々ある。にもかかわらず、アドリブでそれを渡り切っている。大したものだ。それだけに、なんとしても犯行を遂げてみせるという執念のようなものを感じ取ることができた。

「そんな不測の事態を乗り越えて、ベルボーイは見立て殺人に舵(かじ)を切り直した。邪魔者の探偵も片付けたし、いよいよこれからラストスパートってところだろう」

強欲者は水底(みなそこ)に。

不逞(ふてい)の輩(やから)は虎の爪に。

少なくとも後二人が殺される。

「急がなきゃならないな。えっと、だからその……リリテアに頼みがあるんだ。今、この場で」

「頼みって……まさか、朔也(さくや)様」

「ああ、そうだ」

「いや…… いやよ、朔也」

後退(あとずさ)りするリリテア。

俺は冷凍室の床に寝そべり、勇気を持ってそんな彼女に頼んだ。

「どうか俺の首を切って、俺の体と繋ぎ直してくれ！」

人生で初めて口にした日本語だった。

冷凍室に長くいたせいか、リリテアの唇は青く染まっている。彼女はそのきれいな唇を悔しそうに噛んで俺を睨んだ。

「く……よりにもよってリリテアにそんなことさせるなんて！」

「頼むよ！　もうこの体やだ！」

ついに本音が出てしまった。

□

「いやー、自分最高っ」

切って即座にくっつけたのが幸いしたのだろうか。次の復活は予想よりも随分早かった。

俺は久々の自分の体を噛みしめるように抱きしめた。

「助かったよリリテ……あ」

高揚した気分のままリリテアを振り返ると、しかしなんと彼女は目に涙を浮かべていた！

「う……これで……リリテアは殺人犯の仲間入り……。探偵殺しの汚名……」

「そ、そんな大袈裟な。これは蘇生治療だよ？　同意の上での医療行為だよ？」

「朔也の首を斬る感触が……まだ手に残って……ぐす……。そんなこと……絶対したくなかったのにぃ……ひどい人……嫌いよ！」

　両手で顔を覆い、とうとう本格的に泣き出してしまった。

「あわあああっ！　ごめん！　ごめんなリリテア！　そこまでの重荷を背負わせるつもりはなかったんだよ！　ごめんごめんごめん！」

　やってしまった！

　俺は慌てて駆け寄り、リリテアの両足が浮き上がるほど抱きしめて二十回以上謝った。

　リリテアは強い子だ。

　実際色々な意味で強い。クールでそつがなく、抜かりもない。

　けれど、いやそれ故に俺は時々彼女が一人の可憐な女の子であることを忘れ、つい色々なものを背負わせすぎてしまう。

「ほら、俺ならもうなんともない！　首の傷ももう治った！」

　精一杯戯けて見せる。完全に我が子をあやす父親の図だった。

「リリテアのナイフ捌きが上手だったおかげかな。魚捌くのもうまいもんね！」

　ユーモアを塗り重ねれば重ねるほど軽薄になってしまうのはなぜだろう？

　リリテアは涙を拭くと冷たい顔でそっぽを向いた。

ああ、これはよくない。

許してくれる時は大抵この後「おバカな人」というお決まりのセリフが聞けるものなのだけれど、今はそれがない。

これは後で折を見て誠意あるお詫びをしなければ。

でも、その前に。

俺は自分の頬をピシャリと叩いた。

「リリテア、お願い続きで申し訳ないんだけどさ。趙さんを俺の部屋に呼んできてもらえるかな？　俺はほら、こんなズタボロの格好だし、先に部屋に戻って着替えておくからさ」

「……かしこまりました。しかしどのような口実でお呼びいたしましょう？」

「探偵が生き返ったとでも言ってくれ」

□

部屋に戻ると俺は焼け焦げた服を脱ぎ捨て、リリテアが持ってきたトランクを開けた。

「着替え着替え……っと」

リモコンで部屋のテレビをつけ、トランクを漁る。

「これは……歯ブラシか。赤と青の二本……。こっちは……リリテアの替えのタイツか。

ん？　なんだこの箱は……？　人生転生ゲーム？　リリテア、遊ぶ気満々で自分でもこんなものを持ってきてたのか。まあいいや。それよりも着替え着替え……うん？　これは……本？」

じゃなくて、それはリリテアの日記帳だった。あ、すごく中が見たい。

「ダメだ！　それだけは！　あ」

邪念を振り払おうとして首を振った拍子に、日記帳が手から滑り落ちた。おかげさまで床の上でページが開いてしまった。

○月×日

今日は朔也と二人で外泊。

荷物は厳選しなきゃ。何がいいかな？

朔也の着替えに朔也の好きなお菓子——。

それからせっかくだし、ボードゲームとか……？

一緒にやってくれるかな。自然に誘えば大丈夫よね。

ところで、ここで一つ告白を——。

事務所の水漏れ、本当はリリテアがネズミ退治に熱中しすぎて天井に穴を開けてしまったせいなのです。

悪気はなかったの。まさか投げたナイフが水道管を破壊してしまうなんて。

ごめんね朔也。

何も言えず、俺は日記帳を閉じる他なかった。

謝ることはないよリリテア。さっき泣かせちゃったし、これでイーブンってことにしようじゃないか。

「……」

「……ちっともイーブンにはならないか」

ようやく着替えを見つけて袖を通し、ボタンを順番に留めていった。

テレビでは早朝のニュース番組が始まったところだった。

もうそんな時刻なのだ。

まずは大雨のニュース。ようやく関東の雨脚が弱まってきたとのこと。よかった。

続いて芸能人の薬物のニュース。最近多いな。

それから——世界で相次いでいる囚人脱獄のニュース。

番組では、世界各国の堅牢な刑務所から重大な犯罪に関わった囚人らが次々に脱獄していたと報じていた。その事実が関係者によるＳＮＳ上の書き込みから明るみになったという、嘘のようなニュースだった。

「調べによると最初の脱獄は昨年に起きており、それを発端とするように今日までに複数の囚人が逃亡しているものと見られています」

美人女性キャスターが不吉な原稿を読み上げる。

「現在各国の警察が捜査を進めていますが、依然として足取りは掴めていません」

部屋のドアが勢いよく開いて、俺の意識はテレビから引き戻された。

そこにゆりうが立っていた。

「し……ししょう……？」

その後ろに控えていたリリテアが口を開く。

「趙様を呼びに行く途中でゆりう様の部屋にも立ち寄ったのです。せっかくですので、ゆりう様にもお知らせしてあげた方がよろしいかと思いまして」

余計なことでしたかね、とリリテアがやや冷たくそっぽを向く。

「いいんだよリリテア。ありがとう」

俺はリリテアの優しさを奥歯で噛みしめた。

ゆりうは呆けたような顔で俺を見つめていたが、やがて傷口から遅れて血が滲むみたいに、瞳にじわじわと涙を溜めていった。

「ホントに……生きてる……。う……ししょ～！」

とうとう感情が決壊したらしく、ゆりうは俺の胸めがけて飛び込んでくる。

「死んだかと思ったじゃないですかー！　うあーん！　もげてたから……師匠の首、もげてたから！　あたしもうダメかと……！　あれ？　もげてましたよね？」

「いや、間一髪で助かったんだよ。まさに首の皮一枚ってやつで」

　なんとか和ませようとして冗談を繰り出すと、ゆりうは一瞬考えるような顔をしてから、また改めて大泣きした。

「その軽口……本物の師匠だあ！」

「……心配かけてごめん」

「ホントですよ……名籤（なくじ）さんがあんなことになっちゃって……それで師匠まで死んじゃったからあたし……もう目の前が真っ暗で……！　うぅ……ざっけんなー！　謝れー！　うわーん！」

　人間パニックになると、普段到底使わないような言葉も飛び出てしまうらしい。

　けれど無理もない。ゆりうは自分の担当マネージャーを殺されてしまっている。女優とマネージャーとしてどういう関係性だったのかは知らないけれど、赤の他人が殺されたのとは訳が違うだろう。正直言って名籤には個人的にはあまりいい印象はなかったけれど、だからって殺されていいはずはない。

　胸を叩（たた）かれる痛みを噛みしめながら開きっぱなしのドアの方を見やると、そこに遅れてやってきたらしい趙老人と雨瀧（うたき）がいた。

「たまげたな……あんた、本当に生きとるのか」

当たり前だが、二人とも幽霊でも見たような顔をしている。

ようやく落ち着いてきたゆりうをベッドに座らせて、俺は雨瀧(うたき)に近寄った。

「雨瀧ちゃん、ついてきちゃったのか」

「趙(ちょう)様のお部屋にいらっしゃったのです。事情をお話ししましたら、どうしても……と」

「そっか。まあ、ご覧の通りだよ雨瀧ちゃん。信じられないかもしれないけど、俺はこうして生きてる。多分、俺を発見した時にリリテアが動転してみんなに大袈裟(おおげさ)に伝えちゃったんだな」

「さっくん、本物だよ。触って確かめてみる？」

雨瀧は中学生らしくないマセた性格で、いつも年上の俺を小馬鹿にしてくる。今回のことでもあれこれうるさく追及され、ゾンビだ歩く屍(しかばね)だといじられるに違いないと思ったのだが――。

「よかった……無事で、本当に、よかったよ……」

予想外に普通の反応が返ってきた。あまつさえ目に涙を溜(た)め、慈しむような微笑(ほほえ)みさえむけてくれている。

「あたし……死んじゃったのかと思っ……」

挙句俺の腰に腕を回してハグまでしてくれる始末。

「ふ、普通に心配してくれるんだな」

あまりに意外。あの減らず口の小悪魔が。

しかし本人は俺が何をそんなに驚いているのかまったくわかっていない様子で、グスっと小さく洟をすする。

「や……そりゃ心配するでしょ。なんで？」

わかっていないところがまた子供っぽくて素敵だ。

いや、子供なのか。そもそも。

「なんでもない。そうだよな。知り合いが死んだって聞かされたら普通はそうだよな」

「知り合いじゃなくて友達だけど」

「……そうだな。ごめん」

雨瀧の素朴な疑問を受けて、俺は自分のズレを認識した。どうも俺は自分でも気がつかないうちに死ぬことに慣れ始めてしまっていたようだ。

怖いけれど、痛いけれど、それでも死ぬことなんて、そう大騒ぎするようなことじゃない。どこかでそう思い始めていたみたいだ。

でも考えてみれば、事情を知らない、残された人にとって人の死というのは一大事なのだ。一生モノの疵にもなり得るのだ。予期せぬ死を目の当たりにしたら誰だって心が乱れる。普段通りじゃなくなる。俺もかつてそうだった。

「雨瀧ちゃん、ありがとう。抱っこしていいかな？」

「さっくんならいいよ。一回千円ね。電子マネー決済もできるよ」

「せめてポイント還元を……」

「ダメ」

そう言って笑う彼女はとても愛らしい。

「あんたがどうやってそこに無事で立っているのか、ワシには想像もできんが、生きてるってんならそうなんだろう。現実を受け入れることにするよ」

再会の儀を横目に、趙老人は部屋の椅子に腰をかける。

「かつてこの街のならず者にも、死んだと言われてその後ひょっこりまた帰ってきたヤツが何人もいたしな」

さすがの度量だ。年の功万歳。

「それで？ 生き返って早々、探偵がワシに何の用だ？」

「はい。訊きたいことがありまして」

「ほう。ワシはてっきり開口一番、犯人はおまえだとでも言われるのかと思ったが」

「まさか。俺はただ、このホテルで二十年前に起きた一家殺害事件のことを伺いたいだけです」

俺の口から出た不穏な言葉に、ゆりうも雨瀧も戸惑いの表情を浮かべた。趙老人は鋭い眼光をさらに鋭くして俺を睨む。

「……誰から聞いた？」

「ちょっと小耳に挟みまして。一家が惨殺されたと。その当時趙さんも現場に居合わせたんですよね？　今夜みたいに」

「……いたさ」

老人は昔日を思い返すように虚空を見上げた。

「だが、それが今回の事件と何か関係があるとでも言うのか？」

「その時の犯人……もしかしてこう呼ばれていたんじゃないですか？　狗頭のベルボーイ……って」

見上げていた彼の視線が揺れた。

「どうしてそう思った？」

「昨日ロビーであなたはその名を知っている様子だったので、もしかしたらと」

「……ふん。こんな状況の中で下手に口籠って、それで痛くもない腹を探られるのは敵わんから話してしまうがな、気持ちのいい話じゃないぞ」

「助かります」

「あれはちょうどこんな雨の晩だったよ。誰もが外へ出るに出られず、足止めを食っていた。そしてここに長逗留していた家族四人が次々に殺された」

「四人も……」

思わずそう漏らしたのはゆりうだ。

「彼らはどういう人たちだったんですか？　こう言ってはなんですが、このホテルに長い期間一家で泊まり続けるなんて」

「普通の一家では、ないな。追われていたんだよ。真っ当じゃない組織の連中にな」

「当時このあたりで幅を利かせていたっていう組織ですか」

「そうらしい。父親が何か大きなヘマだか裏切りだかをしてな」

「……どのように殺されたんですか？」

それを訊くのか、という顔をされた。

「雨瀧が懐いているから信用はしてるが、あんたなかなかの人でなしだな。ふん、悲惨なものだった。夫、妻、長男長女。それぞれが全身をなます切りにされてな……。それはまるで……」

「鋭い牙を持つ獣に食い殺されでもしたみたいな様子――ですか？」

「……ああ、そうだな。その通りだ。実際、最初の被害者である長男が遺体で発見された時には、まだ幼い末の次男がこう騒いでいたくらいだ。『怖い犬にお兄ちゃんが食い殺された』と。最初はワシも耳を疑ったが……どうやら一瞬、犯人を目撃していたらしい……」

「見たんですか？」

「見たよ。そいつは……狗の顔をしていた」

忌まわしいものを口にしてしまったとでも言うように、趙老人は顔を背けた。

「そんなの……ほぼ妖怪じゃん」

雨瀧の感想もごもっともだ。

「いや、その顔は本物じゃなかったんだよ。実際はどこからか調達してきた狼のマスクを被っていて、それで自分の素顔を隠していたんだ。もっともそれは警察に連行されていく時にわかったことだがな」

「あ、ちゃんと捕まったんですね」

二十年も前の事件の話なのに、ゆりうがほっとした表情を浮かべる。

「ああ。当時、ある探偵が事件に首を突っ込んできてな。痛快に解決していきおった」

ある探偵……？　いや、まさかな。

「結局四人もの人間が犠牲になり、末の子だけが奇跡的に生き残った」

「そうですか。ところでその犯人はやっぱり組織の追手だったんでしょうか？」

「いいや違うね。組織とは無関係の、普通の……男だったよ。だが一人殺すたびに何かに取り憑かれて、いつしか普通ではなくなっていたのかもしれん。動機なんてなかった。単なる殺人鬼だったよ」

　なぜその一家でなければならなかったのか、それは今この場で考えることではない。ただ、そうだったというだけだ。

「犯人のその後のことは知らん。死刑になったのか、今も塀の中なのか。思い出したくもなかったから報道も追わなかった。だが、この街では事件の後もしばらくその犯人のことは語り草だったよ。それでいつしかリトル・クーロンの人間は密かにヤツをこう呼ぶようになった。狗頭のベルボーイと」

　一息にそう語ると、趙老人は大きくため息をついた。重い荷物を下ろした人のように。

「あれから二十年……もうその名も聞くことはないと思っていたんだがな」

「昨日の撮影の準備中に不意にその名前が聞こえてきて、あなたはさぞ驚いたでしょうね」

　鳥保の元に届いた、狗頭のベルボーイからの脅迫状。

「ああ。当時を知る街の人間にとって、狗頭のベルボーイは口にするのも忌まわしい名前だ。他所の人間においそれと話したりはしない。それなのに……」

　この街の人間の間でしか語られていなかった『狗頭のベルボーイ』という密かな俗称。それを使って何者かが鳥保監督に脅迫状を出した。それはつまり、かつてこの街に暮らしていた何者かが犯人である可能性が高いことを物語っている。

「師匠、それってつまり今回の犯人は……二十年前の犯人の真似っこってこと、ですか?」

「ゆりうちゃんの言う通り。模倣犯だよ」

窓の外を見ると、東の空がほんのりと明るくなりつつあった。

対する西側の少し離れた場所には、観覧車のシルエットが浮かび上がっている。水島園（みずしまえん）という名前の古い遊園地のものだ。水島園には小さい頃一度だけ行って、観覧車にも乗った記憶がある。日輪（にちりん）観覧車とも呼ばれ、長年街の景観の一部だった。

けれど水島園は昨年にすでに閉園していて、観覧車も含め年内にも取り壊される予定だと聞いている。

時間は虚（むな）しく、確実に過ぎていく。誰にでも平等に。

その流れからは狗頭のベルボーイも逃れられない。

雨はもう止（や）んでいた。

もうじき警察がここへやってくる。

ヤツにも時間はない。

その時、廊下の方がにわかに騒がしくなった。

俺たちは顔を見合わせてから部屋を出た。廊下で撮影スタッフ数名が困ったような顔で話し込んでいた。

「どうかしたんですか？」

声をかけるとスタッフの女の子が「いないのよ」と言った。

「ほら、夜中に名籤マネージャーが大変なことになったでしょ？　それで予定していた残りの撮影をどうするか確認しようと思って監督の部屋を訪ねてみたら……」

「いない？　出歩いてるのか」

「それだけじゃないのよ。さっき見たら隣の部屋の丸越さんもいなかったの。だから今順番にスタッフを起こしてて、これから探そうと……」

「丸越さんも？　二人してどこに……？」

考えているとゆりうが「あの」と控えめに手を挙げた。

「もしかしたら……二人で撮影の下見に行ったのかも、です。って言うのもその……あたし、聞いちゃったんです。昨夜殺人事件が起きて大変な騒ぎになっていた時……監督がつぶやくのを」

「なんて？」

「こんな妨害に屈してたまるか。フィルムは絶対に止めないぞ……って」

「あの人……やっぱり映画を最後まで撮り続ける気なんだな。殺人事件の最中でも」

「監督、本当に今回の映画に賭けてるみたいで……意地になってるのかも。ホテルでの撮影予定シーンはあとワンシーンだけだから、何がなんでも撮ろうとしてるんじゃないですかね？」

「この状況で撮影って……ほぼ映画狂いじゃん」

後ろで雨瀧が呆れている。

それが正しいことか否かはわからないけれど、大した執念であることはわかった。

「その残りのシーンの撮影場所は？」

「えっと……ホテルの最上階だったと思います。だから監督は丸越さんと打ち合わせでもしに行ったんじゃないかって思って。ほら、朝になって急に晴れてきたし、撮るなら警察の人が来ちゃう前にって考えた……とか」

その読みは案外鋭いかもしれない。

「ちなみになんだけど、最後に撮るのはどんなシーン？」

「丸越さんが演じるキャラクターが最上階の窓から飛び降りる、アクションシーンなんですよ。こう、あたしを庇って窓を突き破って、犯人と一緒にバーンって」

そう言って彼女は両手を顔の前で開く。

「それで、真下にある池に落ちてなんとか助かるっていうシナリオで……。あ、もちろんアクション自体はスタントマンさんがやってくださるんですけどね。それも実際に落ちるわけじゃなくてワイヤーアクションで」

「……池？　そんなものがあるのか」

思わずゆりうを見た後、俺は思い直して趙老人に視線を移した。

「ああ、裏庭にワシの親父が作った古い池がある」

「ヌシが住んでるよね。亀の」と雨瀧が添える。

「そう言えば撮影に使わせろと言っていたな」

池——水……。

「その池ってまさか……北側にある？」

「よくわかったね。さっくん探偵っぽいじゃん」

「まずい！」

見立ての条件が揃ってしまっている。

俺は弾かれるように階段に向かって走り出した。

「あ！　師匠どこ行くんですか!?　あ、あたしも……！」

「ゆりうちゃんはここで待ってろ！　リリテア！　急ごう！」

ついてこようとする無鉄砲な弟子に釘を刺してから階段を駆け上る。

ああ、やっぱり自分の体は動かしやすい。

四章　クランクアップ、というやつでございます

最上階に駆けつけた時、現場はすでに整っていた。

撮影のためのじゃない。殺人のための――だ。

北側へ延びる廊下の入り口に立つ。

熊、箆鹿(ヘラジカ)、狐(きつね)、水牛(バッファロー)――。

両脇の壁には様々な動物の頭部が飾られている。

その最奥に鳥保(とりほ)監督と丸越(まるこし)がいた。二人は窓際に立ち、そこから外を眺めながら何か相談事をしている。

窓は開けられていて、湿った風が廊下に吹き込んでくる。

彼らはまだこっちに気づいていない。

「はぁ……はぁ……し、師匠……ま、待って！　あたしだって……弟子としてぇ……はひー！」

遅れてゆりうが階段から顔を覗(のぞ)かせた。ぜえぜえ言いながら結局ついてきてしまっている。来るなと言ったのに。本当に狗(いぬ)……ではなく、犬っぽい子だ。

「来ちゃったものは仕方ない。だけどゆりうちゃんはそこにいて」

「でも……」

「師匠から命令」

「わ……わん！」

とうとうわんって言っちゃったよこの子。

「い、今のは違うんです！　わかりましたの『わ』と、そんなの嫌です！　の『ん』が混ざっちゃって！」

「どうやったらその相反する二つが混ざるんだっ」

「それは複雑な乙女心で……うう……大人しくここで待ってます……」

しょんぼりした彼女の返事を待たず、俺はすでに前方にいる彼らに向かい始めていた。

リリテアもピタリと俺の斜め後ろに追従している。

瞬間、その内の一人がある行動に移ろうとするのが見えて、俺はすかさずその場で声を上げた。

「強欲者は水底（みなそこ）に――だっけ？」

俺の声は廊下に響き渡った。

窓際の監督と俳優と――その二人の背後に何食わぬ顔で立っていた、スタントマンの白（しら）鷺翔（さぎしょう）の三人が同時にこっちを振り返った。

彼らは生きて動いている俺の姿を目に留めるなり、一様に声を上げて驚いていた。お化けでも見たような顔だ。

「あんたに言ったんですよ」

俺は彼をまっすぐ指差した。

「白鷺翔さん。いや、狗頭（くとう）のベルボーイ」

中でも翔の顔は一際驚愕（きょうがく）の色に染まっていた。

気持ちはわかる。こう言いたいのだろう。

なんでおまえが生きている？　確かに殺したのに。

だから俺はこう言ってやる。

「そろそろクランクアップの時間だぜ」

「朔也（さくや）様、今回の決め台詞（ぜりふ）も大変ダソうございます」

やっぱりお気に召さないらしい。

リリテアを満足させるのは難しいな、などと思いながら廊下をズンズン進む。

「翔くん、今そこで何をしようとしてた？　俺には丸越（まるこし）さんのことを窓から突き落とそうとしていたように見えたけど？」

追及する俺に監督と丸越が声をかけてくる。

「さ、朔也くん……？　キミ、朔也くんなのか!?　一体これは……」

「確か……殺されたって聞いたけど……え……？」

「すみません監督、それに丸越(まるこし)さん。ご心配をおかけしましたがご覧の通り俺は元気です。ちょっと地獄は見てきましたが、代わりに事件の真実も見てきました」

「え……？　何を言っ――」

「ですので今はちょっと、見守っていてください。俺はそこのスタントマンに話がある」

俺と翔(しょう)の距離は三メートルを切った。それでも俺はまだ足を止めなかった。

「なあ翔くん。その窓の下に池があるんだろう？　見立てにはうってつけだね」

「たはは。朔也(さくや)くん、なんの話っすか……？」

「だからベルボーイのお仕事のことだよ」

「って言うかキミ……死んだんじゃなかったっけ？」

彼の顔から笑顔が消えた。

「殺した、の間違いでしょう？」

まあ、死んだのは間違いない。

「殺したって……朔也くん、まさか俺が例の狗頭(くとう)のベルボーイだって言うんすか？」

「そうだよ。鳥保(とりほ)監督に脅迫状を送り、名籤(なくじ)さんを殺害し、俺を襲ったのはあんただ」

「いや……いやいや、なんでまたそんな……」

「名籤さんの部屋から火の手が上がった時、キミはどこにいた？」

「え？　そりゃあの時は……ロビーが偉い騒ぎだったから、みんなと一緒に俺もそこにいて……」

「本当かな？　死体が見つかって騒然となっていたあの場に、誰がいて誰がいなかったか、正確に覚えている人なんているかな？　煙に紛れて606号室を抜け出した後、自分の部屋に隠れていたんじゃないのか？　それから頃合いを見てゆりうちゃんにくっついて、何食わぬ顔で606号室に戻ってきた」

「そんなの……全部ただの想像じゃないっすか」

まあ、最初から素直に認めてくれるとは思っていない。

「俺としては、たった今翔くんが丸越さんを背後から突き落とそうとする瞬間を見ちゃって、それだけでももう確信が持ててるんだけど、そういうことなら一応確認させてもらおうかな」

「確認って何を……」

「翔くん、その上着を脱いで背中を見せてもらっていいかな？」

「え……？」

「断っておくけど、別にキミの上半身に特別な関心を寄せてるわけじゃないからね」

「脱げって……一体なんなんすか。わけわかんないっすよ。……でも逆に言えばそれで俺の無実が証明できるんすよね？　ならお安い御用っすよ！」

そう言って翔は着ていたTシャツを豪快に脱いでこちらに背を向けた。スタントマンらしく、引き締まった背中が顕となる。

「で、これがなんなんすか？」

狙い通りのものがそこにあった。

「朔也ったら……」

それを見てリリテアがため息をつく。

「翔くん、やっぱり間違いなくキミが犯人だ」

「だからなんでそうなるんすか！　背中に俺が犯人ですとでも書いてあるって言うんすか？」

「うん。書いてあるんだよ」

「は……？」

気になったのか、様子を見守っていた鳥保と丸越もそっと翔の背中を覗き込む。

「こ、これは……？」

彼の背中についていたのは引っ掻き傷だ。はっきりと残っていて、それが模様のようになっている。

「追月朔也オリジナルのサインですよ」

一見ただのミミズ腫れ。ミミズがのたくったような、奇妙な模様にしか見えないだろうが、それは俺がこの手で、この爪で引っ掻いてそこに残したものだ。

「俺の背中に？　そんな！　いつ!?」

「忘れちゃった？　昨夜翔くんが俺にひどいことをした時だよ」

「あの時……！　あ！」

彼の反応は、それだけで自白に等しかった。

柳葉刀で腹を貫かれ、お互いが密着したあの時、俺は両腕を彼の背中に回してもがいた。

「最後の力を振り絞って死ぬ気で書き残したよ。いや、練習しとくもんだね」

オリジナルのサイン。小学校の頃から練習してきたので、目を瞑っていたって間違えずに書ける。

あれは死の間際に俺が将来の俺宛に残したダイイングメッセージ。

犯人を識別するための印だ。

「もう一度言う。翔くん、あんたが犯人だ」

言った直後、また風が吹き込んで、彼の手からTシャツがこぼれ落ちた。

「雨が止んで、ここにはじきに警察がやってくる。その前に仕上げをしておきたかったんだろうけど、それはできないよ。させない」

鳥保監督は廊下の隅で壁を背にし、翔から精一杯距離を取っている。丸越は監督を盾にするようにして後ろに隠れている。

「し、白鷺……おまえだったのか……？　脅迫状も、殺しも？　なぜだ!?」

「あーあ」

嘘のように乾いたため息。それは翔の口から出たものだった。

「……そう言えばどうりで背中がひりひりむず痒い気がして……。こんな印を残してたなんてまったく……。せっかく裏からうまく演出してたのに……朔也くん、無闇に裏方を表に引っ張り出さないで欲しいっすね」

これで組み立てていた推理は見事に的中したことになる。けれどまだどうしてもわからないことがある。動機だ。

「キミはなんの目的があってこんなことをしたんだ？」

金銭問題か、痴情のもつれか、パワハラに対する復讐か——。

しかし、どれも立て続けに映画関係者を殺そうとするほどの理由になり得るとは思えない。

「汚ねーんすよ」

「え？」

「名籤も丸越も監督も……汚れてんすよ。商品じゃねーんすよ。駒じゃねーんだ。なのに誰も彼も自分自分！　俺、俺！　テメーの満足、テメーが褒められることしか頭にない。おまけに勃起心モロ出しの、ヨダレくせー下卑た目で見やがってよぉ……。こんな奴らに任せてられるか。同じ空気だって吸わせたくねーんすわ。俺だ。俺……俺俺！　俺だけが本当の美しさを、尊さを、儚さを、真実の魂の鮮やかさを映しとることができんだよ！」

「………翔くん？」

一体なんのことを言っているのかまるでわからない。そうか、目的語がすっぽりと抜け落ちているんだ。

「俺だけなんだよぉぉ！」

叫びながら彼は、突然近くの壁に飾られていた狐の頭部の剥製をむしりとり、それを頭から荒々しく被った。

そうして白鷺翔は人間ではなく、人を騙す狐になった。

狗頭のベルボーイになった。

そう。狐もイヌ科だ。

「その扮装があんたなりのスイッチなのか？　二代目の狗頭のベルボーイになるための」

俺の言葉に狗頭のベルボーイは動きを止めた。それが作り物でなければ両耳がピクッとこっちを向いたことだろう。

「白鷺翔。あんた、二十年前にこのホテルで起きた一家殺害事件のことを知っていたんだな？　それどころか、その時の犯人が狗頭のベルボーイと呼ばれていたことも、どんな恐ろしい姿で犯行を行ったのかも知っていた。知っていてそれを模倣している。もしかしてあんた――」

残りの言葉を口にする前に一つ呼吸をする。

「二十年前の惨劇の夜、このホテルにいたんじゃないのか?」

彼の年齢はおよそ二十代半ば。事件当時は五、六歳だ。

「確かあの事件では一番幼かった子供が一人だけ助かって……」

ジャキ――。

俺の声を遮るように冷たい音が響いた。

どこに潜ませていたのか、ベルボーイが何かを右腕に取り付けていた。

それは鉤爪(かぎづめ)と呼ばれる暗器の一種だった。鋭い鉄の爪が四叉(よつまた)に伸び、鈍く光っている。

それもこのホテルで調達してきたわけか。

俺を殺した凶器の柳葉刀をどこに隠したのかは知らないけれど、あれの次は鉤爪か。本当にこの男はいろんなものを上手に利用する。サバイバルの才能もありそうだ。

「なるほど。不逞(ふてい)の輩(やから)は虎の爪に――。ちょっと雑だけど、それが四つ目の――最後の見立ての殺人道具になるわけか」

残り二つの殺人をこの場で同時に行うことに決めたというわけだ。

「だけど真相が暴かれた今、もう暴力に訴えたってどうにもならないんだし、ここは諦めて……うわっ!」

まだ話しているのにいきなり爪で斬りかかられて、俺はとっさに体をのけ反らせた。間一髪だった。

「あ、あぶな……ぐぅっ!?」

間髪入れずベルボーイの回し蹴りが俺の脇腹に突き刺さった。

ぐこんと太めの骨の砕け折れる音がした。吹き飛ばされ、壁に跳ね返って地面を転がる。

くそ！　痛い痛い痛い！　冗談じゃないぞ。人目がなかったら悲鳴を上げて大泣きしてるところだ。

なんとなくそんな気はしていたけれど、やっぱりこちらの説得を聞く気なんて毛頭ないらしい。

もう彼には後も先もない。背水の陣で目の前の探偵を再殺し、丸越と鳥保殺しを強行するつもりだ。それはやけくその行動なのか、信念による行動なのか——。

獣の顔をした翔からはもう何も読み取れない。

「師匠！」

「ゆりうちゃ……近づくな！　離れて……」

青ざめるゆりうを手で制する。その直後、俺は口から大量の血を吐いた。折れた肋骨が肺にでも刺さったのだろう。

思えばあの驚異的な身体能力、戦闘能力もスタントマンなら納得だ。

ベルボーイは倒れた俺にさらに追撃を加えるべく、側転から高く跳躍し、真上から俺の喉元を目掛けて鉤爪を突き出してきた。

「う……！」

こうなってしまっては推理も洞察力もトリックもアリバイも何もない。

ただ頑張って殺されないように頑張るだけだ。

それだけ、なんだけど——あとコンマ数秒で凶器の先端が襲ってくる今となっては頑張りようもない。

「それなら！」

だから頑張るのはやめにして、ここは昨夜と同じように自分の体を囮に使うことにした。

あえて爪を体に食い込ませて相手の動きを止める。それしかない。

「そんなことはさせません」

けれど、割って入ってきた人物によって、俺の運命はコンマ数秒で覆った。

すでにリリテアが跳んでいた。ベルボーイと同じ高さにまで跳躍し、相手がやったことをそのままやり返すようにその脇腹に鋭い蹴りを見舞う。

存分に体重の乗った足技によってベルボーイの体は真横に吹き飛ばされ、９２３号室のドアを突き破った。

埃舞う中に着地するリリテア。遅れてスカートがふわりと落ちる。朝日が彼女を可憐に照らし出した。

「うかつでございます。朔也様」

「アクションは得意じゃないんだ。ともかく……助かったよリリテア」

強がったけれど、苦い咳が漏れ出た。

「いいえ。助けるのはこれからでございます。躾のなっていないイヌにはわからせませんと」

リリテアはようやく立ち上がった俺の前に立ち、いつもよりも低い声でそう言った。

「リ、リリテア……怒ってる？」

「怒ってなどおりませんが、朔也様を殺害し、遺体を見立て殺人の道具として利用したばかりか、私の目の前で再度殺そうとしたことに、少々Ira Iraしております」

人はそれを怒っているというんじゃないのかな。

ちなみに怒っているのは俺に対してでは？　とついでに言いかけて、やめた。

狗頭のベルボーイは、強いのだろう。否、実際強い。何らかの格闘術に長けているらしいことは俺自身、身をもって体験している。

けれどそういうことならリリテアは負けないだろう。そういう土俵なら。

俺は一つ瞬きをした。その隙間を縫うように埃を裂いて鉤爪がリリテアを襲った。

無慈悲に鋭い爪の先端は、しかし空を切っただけだった。

そこにリリテアはもういない。

ベルボーイの体が揺れ、呻き声が上がる。

彼女は体勢を低く落とし、体を半回転させた勢いで右足を繰り出しており、それはすでに相手の側頭部に見事にヒットしていた。

ため息の出るような回し蹴りだった。

「メイアルーアジコンパッソでございます」

「メイ……そうか！　かっこいいぞリリテア！」

律儀に技名を教えてくれたらしいが、今生では覚えられそうもない。

勝負あったかと思われたが、ベルボーイは怪物並みにタフだった。多少よろめきながらも、鉤爪を左右に振り回しながらリリテアに襲いかかる。

リリテアは軽やかなステップでそれを避けた。

蝶のようにマイウェイ、蜂のようにさすらうとは親父の言葉だったか——。リリテアはまさにそれで、簡単には捕らえさせない。

けれどその時、ベルボーイの狙いはすでに別のものに移っていた。距離を取ったリリテアを無視すると、彼は猛然と階段の方に向かって走り出した。

「逃げる気か……!?　いや、そっちはまずい！」

廊下は一本道。その先には——ゆりうがいた。

追い詰められて逆上したベルボーイは何をするかわからない。案の定彼はゆりうの姿に気づくと、あからさまにそちらへ反応を示した。

俺は慌てて駆け出す。

「あ……！」

ゆりうは怯えて声も出ない様子で後退りする。ベルボーイの手が彼女にかかる。

間に合わない！

「あれ？　さっくんじゃないか。これ、何事？　どういう話？」

ゆりうまであと一センチというところで、ベルボーイの手が止まった。

突如ゆりうの背後からぬるりと現れた男の手が、ベルボーイの危険な腕をがっちりと捕まえたのだ。

「昨夜探してた狼ってこの人のこと？　どっちかっていうと狐に見えるけど」

その男、漫画家・哀野泣は猫背のままあっけらかんと言った。

「か、哀野さん!?　なんでここに……」

「え？　物音がしたから何かなって。僕の部屋、すぐそこだから」

ここは最上階。そう言えば彼の泊まっている階層だ。

「哀野さんそいつは危険だ！　離れて！」

今度は無関係の哀野が危ない。逆上したベルボーイは障害となる者を無差別に襲いかねない獣性がある。

漫画家の細腕など一瞬で噛みちぎり、逃亡を図るだろう。

「……グッ!?」

そう思ったのだけれど、一体どういうわけかベルボーイは目に見えて体を強張らせ、一つ唸ってから哀野の手を振りほどき、距離を取った。

何がどうなっているのか俺にはわからなかった。でも考えている暇なんてなかった。

ベルボーイが固まっている隙をつき、俺は相手の体にタックルをした。

捕まえた。こうなったらもう放さない。いくら爪で引っ掻かれたって逃さない。

「リリィ！」

夢中で叫ぶ。

「リリテアはここにおります」

顔を上げると、彼女はすでにベルボーイの肩の上に乗っていた。

両膝でベルボーイの獣の顔を挟み込んでいる。

「これにてクランクアップ、というやつでございます」

その眩しい太腿が躍動する。

リリテアは自分の体ごとひねりを加えて、相手を頭から地面に叩きつけた。

凄まじい音。ホテル全体が揺れたような気がした。

狗頭のベルボーイはその場に四肢を投げ出し、動きを止めた。

勝負ありだ。

「ナイスリリテア。ところで俺の決め台詞、ダサいんじゃなかったっけ？」

「……口が滑ったの」

「はいはい」

笑いを堪えながら振り向くと、ゆりうと目が合った。彼女に怪我はないようだ。

「じじょ～！」

飛び込んでくるゆりうの体を受け止めながら階段の方を見ると、撮影スタッフらと共にようやく漫呂木がやってくるのが見えた。

「確保！　犯人確保だあ！」

□

二代目狗頭のベルボーイこと白鷺翔は、駆けつけた警察によって確保、連行された。

「なぁんでだよぉ！　キミが！　キミが俺だけにメッセージを送ってくれたんじゃないかぁ！　キミが俺の天女だったんだ！　だからキミのために俺はぁ！　気づいてくれよぉ！ここにきて俺を抱きしめてくれよぉぉ！」

彼はホテルを連れ出される瞬間までそう叫んでいた。彼の言う「キミ」の正体は、のちに判明した。

白鷺翔の持ち物の中から小型のハンドカメラが見つかった。そこにはたくさんの映像が残されていた。

それは映画の撮影風景の記録らしきものだった。

なぜ「らしきもの」なのかと言うと、実際にカメラが捉えていたのは常にたった一人の人物だけだったからだ。

灰ヶ峰ゆりう。

画面の中央には常に彼女がいた。カメラは彼女だけを追っていた。他の一切は無価値、この世にあるのはカメラを通した自分の視線とゆりうだけ——とでも言うように。

そしてその映像を撮ったカメラは名籤の死体が発見された時も、606号室で俺の死体が発見された時にも回され続けていた。

晒された名籤の首を見て恐怖に歪む顔——。

追月朔也が殺害されたと知って放心し、やがて泣きじゃくるまでの一連の表情——。

白鷺翔は誰にも気づかれないよう、静かに、密かに、克明に、灰ヶ峰ゆりうを撮り続けていた。

彼は己の歪んだ作品の主演に、灰ヶ峰ゆりうを勝手にキャスティングしていたのだ。

灰ヶ峰ゆりうを商品扱いする腐ったマネージャー。

灰ヶ峰ゆりうに近づくいけ好かない男優。

灰ヶ峰ゆりうの正しい撮り方をまるでわかっていない落ち目の映画監督。

白鷺翔は狗頭のベルボーイとなって周囲の気に入らない脇役を喰らい、排除していった。

脅迫状にあった『ふぃるむヲ回セ』という文言は、もしかすると自分自身に言い聞かせた言葉だったのかもしれない。

「二十年前、彼は狗頭のベルボーイによって家族を次々殺された夜に、何かを損なってしまっていたのかもしれないな。たった一人、命は助かったけれど、きっとその欠けた部分にいつの間にか獣が棲み付いてしまったんだ」

ホテルでの事情聴取からようやく解放され、俺は部屋で荷物をまとめていた。

すでにチェックアウトのための荷造りを終えているリリテアは、ドアの前に姿勢良く立って俺を待っている。

「かつてのトラウマ、自らが恐れる対象物そのものになろうとしたのですね」

闇が怖いなら闇になればいい。獣が怖いなら獣になればいい。

「そのまま大人になった彼が一方的に依存したのが、ゆりうちゃんだったわけだ」

白鷺翔のゆりうに対する異常な執着。当然、警察はそのことについてゆりうに事情を聞いた。

白鷺翔との個人的な繋がり、あるいは過去に彼の欲望に火をつける発端となったような特別な出来事（イベント）はなかったかと。

問われたゆりうは、しかしただ不安そうな顔でこう答えただけだった。

「いいえ。デビュー後の初仕事の時だったか……昔別の現場で一度顔を合わせたことはあったかもしれませんけど、あの人とは一度も話したこと……ないんです」

イベントなど何もなかった。ゆりうには理由も心当たりも何もない。

それでも白鷺翔（しらさぎしょう）は妄想の中に、空虚な心の中に理想の女を住まわせ育てていたのだ。

その執着が育ち過ぎ、膨れ上がり、破裂した。

「ま、彼本人から聞いたわけじゃないから、全部俺の想像だけどさ」

「犯人は捕まりました。この先の詮索は探偵の領分からは外れます」

「だね。今回はこれでよしとしようか」

「致しません」

「え!?」

思わぬところで反論をくらって俺の荷造りの手は止まってしまった。

リリテアは不満そうな顔でこっちを睨（にら）んでいる。

「どしたの……？」

「あのね、前々から言おうと思ってたんだけど」

「な、なに？　なんか微妙に言葉遣いが荒っぽいけど」

「朔也はもう少し自分の命を大切にして」

思ってもみなかったことを言われて、俺は目を瞬かせた。

「命って……ああ、それはもちろん何よりも大事だ。わかってるよ」

「ちっとも理解ってない。どうせこう思っているんでしょう？　ああ、また殺された。でもいいか。また後で生き返るだろうって」

「そんな風には思ってないよ。殺されるのって本当に死ぬほど辛いんだ」

「でも、生き返る」

「それはそうだけど……あの、敬語はいいの？」

「黙って」

軽口で返そうとしたら、巧みに足を引っ掛けられ、ドンと後ろに突き飛ばされた。

俺はたやすくベッドに倒れ込んでしまう。

そんな俺の体にリリテアがまたがり、見下ろしてくる。

「お、おい……リリテア？　怒るなってば」

「生き返らなかったらどうするつもり？　次なんてないかもしれないじゃない。いいえ、それが普通なの。命は一度きり。それが本来なの。だから簡単に投げ出したりしないで。消費しないで。浪費しないで」

「それは……ごもっともだけど……」

「でないと、いくらリリテアが守ろうとしてもキリがない。いつか守りきれなくなる」

「リリテア……」

俺を見下ろす彼女の表情はちっとも怒ってなんかいなかった。ただまっすぐに心配して、身を案じて、そして少しスネていただけだ。

「それなのに、リリテアの手で首を切らせるようなこと……するし」

「ごめん！　あれは本当にごめんなさい！」

やっぱり。冷凍室の一件をまだしっかりと怒っていらっしゃる。

「わかったよ。仕事柄確約はできないけど、命は大事にする。リリテアに迷惑をかけないためにも」

元々命は慎重に扱う方だ。点滅する信号を無理して渡ったりしないし、白線の内側まできちんと下がるし、北枕も気にする。

「迷惑とかじゃ……ないし」

リリテアは俺の顔の横に手をつき、真上から覗き込んでくる。彼女の繊細な髪が俺の頬をくすぐった。

「ねえ、朔也。あなたは……何度も殺されて……苦しんで、なのにどうしてそれでも探偵をやめないの？　あの事務所を続けようと思ったの？　死ぬのが嫌なら、全部忘れて普通に生きることもできるのに」

「それはあそこが俺たちの家だからだよ」

答えを返すのに時間は必要なかった。

「ほら、お袋も親父もいつまた帰ってくるかわからないだろう？　だけど俺があそこを手放してしまったら、集まる場所がなくなるじゃないか。だから、守るんだ。家族には帰ってくる場所が必要だからな」

リリテアは俺の答えをじっくりと味わうように目を細めた。

「我が家ですか。……私にはもうそんな場所はないから、なんだか羨ましい」

「はあ？　何言ってんだよ」

呆れた俺は下から彼女の頬を両手で挟み、その目を覗き込む。

それから当たり前のことを言う。

「あそこはもうリリテアの家だろう」

「んぇぅ……」

小動物みたいにリリテアが唸った。

「え、何その反応」

もう少し感動的な謝辞など聞けるかと思っていたのに。

「あなたは……いつもそうやって、ずるい」

リリテアが続けて二度、三度と俺の胸を打つ。

「あのー……ししょー」

と、そこでいきなりゆりうの声がした。仰向けのまま、顔だけをそっちへ向けると、ドア口に彼女が立っていた。なんとも気まずそうな、というか、膨れっ面をしている。

その瞬間リリテアは見事な前方宙返りで俺から離れ、ベッドのすみに正座した。

わあ、すごい身のこなし。

「あたしもようやく警察の人から解放されたのでー、これから一旦お家に帰るのでーお邪魔しやしたー」

「そ、そう？　気をつけて帰ってね。……でもどうしたの？　なんでそんなぶっきらぼうな感じ……？　ゆりうちゃんらしくもない」

「えー、あたしいつもだいたいこんなですがー？　ししょーはリリテアさんとイチャコラブと忙しそうなんでーもう行きますねー。あざしたー」

「え？　え？　いや、ちょ……」

いつから目撃されていたのだろう？　気になるけれど、恥ずかしくてとても聞けない。

などと焦っていたら、ゆりうがぷっと吹き出していつもの笑顔を浮かべた。

「あひゃひゃ！　冗談ですよ。じょーだん！　あの、今回は……じゃなくて今回も、ですね。えへへ……また助けてもらっちゃいましたね。師匠はやっぱりすごいです」

「あんまり助けてあげられた気がしないんだけどね。でもゆりうちゃん、もうその師匠って呼び方は……」

「やです」

「え」

「やだ。色々あったけど、それでも監督はまだ映画を最後まで撮って完成させる気満々なんですよ。ホテル以外の場所でのロケもまだ残ってますし」

「鳥保さんも執念の人だな……。まあ、ゆりうちゃんのためにもお蔵入りにならないことを祈っとくよ」

「はい！　そうなったら続編もあり得るわけです。つまりあたしの探偵の役作りはこれからも続くってことです。だから師匠はこれからもあたしの師匠なんです！　今後とも弟子の面倒を見てくださいね！　わんわん！」

「最後なんで吠えた⁉」

「え？　さっき間違えてわんって言っちゃった時、師匠嬉しそうだったから、これが好きなのかな？　って思いまして。わん！」

「嬉しそうになんてしてない！　そっちの趣味はない！」

勝手に人を変態趣味に仕立てないで欲しい。

「そうですか～？　えへへ」

「なんだよニヤニヤして」

「やっぱり師匠といると楽しいなあって」

ゆりうは甘酸っぱそうに唇をもにょもにょとさせながら器用に微笑む。

「それじゃ今度こそ本当に、お先に失礼します。あ、そうそう！　映画が完成したらご招待するので、試写会にもぜひ来てくださいねっ」

言いたいことを言うとゆりうは「ではまた！」と言って風のように行ってしまった。

「あんな事件があったのに、元気だなゆりうちゃんは。……さて」

俺は上半身を左右に捻り、自分の体の具合を確かめた。好調だ。回復が早いのは助かる。

「リリテア。俺たちも家に帰ろうか」

「はい。朔也様」

荷物を持ち、部屋を出る。

「帰ったらまず濡れてダメになった書類の整理からだな。水浸しだったもんなー」

「そう、ですね。……それであの、朔也、あの水漏れのことなんだけどね……本当はリリテアが……」

「そうそう、リリテア。整理が終わって落ち着いたら、久々にゲームでもしない？」

「……ゲーム？」

「ほら、昨日は結局一緒にできなかったし。人生転生ゲーム」

「……オホン。朔也様はお子様ですね。仕方がないのでお付き合いしてあげます」

「負けないぞ」

「ふふ。おバカな人」

俺の優秀な助手は少し困ったような、けれど極上の微笑(ほほえ)みを浮かべた。

「うん。バカは死んでも治らないんだ」

エピローグ

――とあるゴシップ記事――

一時間に百ミリを超す豪雨となった○月×日、横浜市○○区にあるホテルで惨劇は起きた。関係者からの情報によれば当日は劇場公開用の映画の撮影が行われていたが、なんとその最中に殺人事件が起きたという。犯人は事前に関係者に脅迫状を送りつけており、自らを狗頭（くとう）のベルボーイと名乗っていたというが、その場に居合わせた刑事によって捕縛され、連行された。犯行についてはすでに自供済みとのこと。

しかし事件はここで終わらなかった。

警察関係者が現場となったホテルの各部屋を検証したところ、狗頭のベルボーイが自供したものとは別に、新たに三人のバラバラ死体が発見されたというのだ。この三件について狗頭のベルボーイは一切関知していないと言う。では一体誰が、あの豪雨の晩に、狗頭のベルボーイ以外の誰がそのような大胆な犯行を成し遂げたのか、謎は現在も明らかとなっていない。

この恐ろしい事件が今日(こんにち)まで不自然なほど報じられていないのは、なんらかの力が働いた結果ではと思わざるを得ない。当初は映画の撮影続行が危ぶまれていたようだが、現在は無事クランクアップし、編集作業に入っているという。死人が出てもなお製作が中断されなかったこともまた、なんらかの力による後押しがあったからであろう。

――抹消された通話記録――

『――もしもーし? やあ、今日も健やかに狂ってるか? ああ、こっちも色々あったぞ。おっとと!……いや、なんでもない。今カラコンを外していて落としそうになっただけだ。

それで、なんだったか……そうそう、我が師匠は今回も大活躍だったぞ。そう、追月断也(おうつきたつや)の息子。どんなものかと思って観察しているんだが、なかなか面白いよ。隣で見ていて飽きない。例のクーロンズ・ホテルでもどうにかこうにかで暴れ狗を捕まえていたしな。ストックヤードのカウボーイさながらだ。

とは言えまだまだ名探偵には程遠いな。このユリュー・デリンジャー様がもう少し脳細胞を解してやってもいい。

ん？　ホテルの狗？　私が操っていたんだろうって？　いいや、私は何もしていないさ。ただ、以前たった一度、狗の耳元で……——……とささやいただけだ。

おや、今ちょっと電波が悪かったかな？

それから……そう、嬉原も相変わらずだったよ。おっと、ヤツは表向きには哀野と名乗っているんだったか。そう、ヤツもあのホテルに泊まっていたようだ。いや、それは偶然。私とは関係ない。あっちはあっちでやりたいことを好きなようにやっているんだろう。主はいかなる時も自らケツをお拭きになる——さ。

……なんだ眠いのか？　無理するな。温かくして寝ろよ。ん？　今そっちは昼じゃなかったか？　おまえ生活習慣が壊滅しているな。というかタリタ、おまえもそろそろ外に出てこいよ。これから追月朔也もこの世界も、美味そうに実ってくぞ——って、そんなこと、おまえに言うまでもなかったか。

まあいい、そろそろ切るぞ。

あ？　ずいぶん師匠に肩入れしてるって？　この私が？　あひゃひゃ。どっちがだ。

その言葉、そっくりそのまま蝶々(ちょうちょう)結びでお返しするよ』

あとがき

推理小説という括り（くく）の中で、皆目犯人の見当がつかない難事件を迅速に、かつ楽に解決する方法は何だろうかと考えた時、最初に思い浮かんだのは

「一体全体あなたは誰に殺されたんですか？」


殺された本人に誰が犯人か教えてもらうという方法でした。

さらに突き詰めて考えると、その殺された被害者というのが探偵自身であればさらに話は早い。

だけど探偵が死んだままじゃ物語にならない。となると主人公は毎回すぐに殺されて、でもその度にゾンビみたいに何度でも蘇る（よみがえ）、そんな探偵でないと務まらないな——。

と、本作はそんな、色々な意味で乱暴な発想がきっかけとなって生まれたお話です。

新たな探偵像を発案するにしても、他にもっとスマートなアイデアがありそうなものですが、その時はなんだか「すぐ死ぬ探偵」というワードが無性におかしくて気に入ってしまったんです。

さて、推理小説において誰が殺されるかをネタバレするのはご法度中のご法度ですが、本作に限っては「探偵が殺される」という前情報はネタバレには含まれません。

何しろ堂々とタイトルにしまっているくらいなので、皆さんにおかれましては探偵が殺されるたび「また殺されてしまったのですね」と笑ってやってください。

日常を忘れる心地良い謎めきをお届けできれば幸いです。

てにをは

ファンレター、作品のご感想を
お待ちしています

あて先

〒102-0071　東京都千代田区富士見2-13-12
株式会社KADOKAWA　MF文庫J編集部気付
「てにをは先生」係　「りいちゅ先生」係

読者アンケートにご協力ください!

アンケートにご回答いただいた方から毎月抽選で
10名様に「オリジナルQUOカード1000円分」をプレゼント!!
さらにご回答者全員に、QUOカードに使用している画像の無料壁紙をプレゼントいたします!

■ 二次元コードまたはURLよりアクセスし、本書専用のパスワードを入力してご回答ください。

http://kdq.jp/mfj/　パスワード　7t7e7

- ●当選者の発表は商品の発送をもって代えさせていただきます。
- ●アンケートプレゼントにご応募いただける期間は、対象商品の初版発行日より12ヶ月間です。
- ●アンケートプレゼントは、都合により予告なく中止または内容が変更されることがあります。
- ●サイトにアクセスする際や、登録・メール送信時にかかる通信費はお客様のご負担になります。
- ●一部対応していない機種があります。
- ●中学生以下の方は、保護者の方の了承を得てから回答してください。

MF文庫J

また殺されてしまったのですね、探偵様

2021年8月25日　初版発行
2024年8月10日　8版発行

著者　てにをは

発行者　山下直久

発行　株式会社KADOKAWA
〒102-8177 東京都千代田区富士見2-13-3
0570-002-301（ナビダイヤル）

印刷　株式会社広済堂ネクスト

製本　株式会社広済堂ネクスト

Printed in Japan　ISBN 978-4-04-680699-4 C0193

◇◇◇